書窗外

敘寫旅居生活感想、所見所聞及遊記，文字溫婉動人，人間多少溫情，世間多少美麗的景物，願天下人都能有份美麗的回憶。

周典樂 著

典樂的美文

朱琦

認識典樂近十年，不記得她什麼時候不快樂。她瘦小的臉龐上時常含笑，說到尤為開心的地方，輪廓分明的五官都蕩漾開來。她喜歡談文學藝術，談旅行見聞，談周圍朋友，無論怎麼談，都是美的欣賞與感受，我從來不記得有什麼人什麼事讓她不自在。

典樂是這樣一種人——很善，很熱心，很推心置腹，有時讓我覺得誰跟她做鄰居做朋友就是命好，有時又讓我覺得是她自己命好。我多少經歷了一點大陸文革時代，動亂時代的人性複雜讓我每每想來都有些毛骨悚然，因此覺得毫無機心如典樂者，遇到亂世如文革，註定是要倒楣的。然而不久前，聽典樂說到她在大陸的叔父，一個在極左時代被視為出身不好且有複雜海外關係的人，居然因為人緣極好而躲過了腥風惡雨。參照典樂之為人，與人相交就樂，幫人就樂，說起某人就樂，說不定這種周家的秉性真能把小心眼惡心腸的人統統感化掉。

除了熱心腸，典樂的記性之好和感覺的細膩也讓我印象深刻。不僅是許多年前讀過的詩詞，唱過的戲文能清晰記得，就連日常生活中的很多人和事，她都像好詩好詞好戲文一樣記了下來。不僅記了下來，而且感覺如新，即使是隨意閒聊，其中都有細膩入微的人情美和藝術美。典樂的記憶像是只留存美好的篩子，或者乾脆說她當時感覺到的就只有美好。

我從前在北大讀書時，聽吳組湘教授說小說家通常把人想得很壞，而詩人和散文家把人想得很好。典樂是個日常生活到散文寫作都洋溢著豐盛詩意的人，小到一盆蘭花，一顆石子，大到一段往事，一次旅行，總有無盡的美和情從她筆下汩汩流出。這幾年，大家跟我文化旅行，典樂參加過幾次，團友們都叫她才女。她旅途上寫詩，回來後寫遊記，不少快被大家遺忘的事情，她都清楚記得，並且化作美妙的文字描述。作為她的朋友和團友，讀她的遊記，更是備加親切。壺口瀑布寫了，龍門石窟寫了，西湖景致寫了，湘西風情寫了，當時就知道典樂會寫的。說來有趣，那次她遠遠站在壺口瀑布旁，周圍的一切都恍若未聞，整個一個痴人，我就知道她要寫壺口了，而且會是一篇好文章。

典樂寫作多年，終因工作太忙，週末又忙於中文學校的事情，作品不算多。我曾經勸她學會拒絕，用意不過是讓她多留點兒時間寫作，但其實心裡明白，典樂天生就是個有求必應的人。不管是寫文章還是熱心助人，都來自一顆情感豐富的心靈。

二〇〇九年二月十七日

性情女子

周芬娜

我認識典樂雖只有兩、三年的時間，卻早已成為無話不談的知友。除了性情相投外，也因我們擁有許多共同的興趣：愛文學、愛花草、愛美食。此外，典樂最深得我心的是對朋友的熱情，和對社會公益的投入。朋友有難，必定拔刀相助。朋友需要幫襯，必定出力出錢。這種「俠女」般的性情，使她到處受人歡迎。

初見典樂，是在我所主持的加州矽谷「紫藤書友會」中。這個讀書會的書友有名作家，也有各行各業的愛書人，每兩個月聚會一次，輪流由書友提供場地，行之有年。每位書友都有獨特精闢的見解，討論起任何書來都熱烈盡興，旁及電影、話劇、音樂、藝術……等時尚話題，並有美食美酒助興，每次聚會都成為難忘的快樂回憶。記得三年前我們討論姜戎的長篇小說《狼圖騰》，典樂慕名而來，素衣素顏，脂粉不施，卻侃侃而談，言之有物。談到對當代人物的臧否，更是坦率真誠，語驚四座，令人感到她嫉惡如仇是非分明的個性。

相識後不久，典樂就告訴我她最喜歡我的兩本著作《品味傳奇——名人與美食的前世今生》、《花之宴》，並為我在矽谷的中文學校舉辦過演講。原來她是食品營養系畢業的高材生，也喜歡下廚烹飪，對人間美食自有一番析賞和心得。她也邀過「紫藤書友會」的書友去她家聚會，為我們親手製作獅子頭等拿手菜，滋味果然不凡。同時我也知道她喜歡蒔花養草，畫國畫，常將花草寫入丹青之中。她畫筆下的梅、蘭、竹、菊，都各有一番迷人的風采，已可晉身「文人畫」之林了。

後來我在北美《世界日報》副刊讀到典樂的一篇短文，文字清新有創意，詞彙豐富活潑，才知道她對石頭的一番深情。她筆下的每顆小石頭，都像是獨特的個體，有色彩、有個性、有生命。她另有一篇寫燕子的文字，看出她對色彩的敏感和觀察入微的性情：「頭部並不是黑色而是寶藍色，艷陽下還泛著一層烏藍藍的光澤。頸間有著美麗的橘紅色。黑色的尾部夾雜著白色的羽毛。」她具有一雙畫家般的雙眼，而且文字頗為老練。

原來典樂早就有志創作，但每天要為稻粱謀，早九晚五的去上班，只能偶而風花雪月一番，但二十年來也陸陸續續發表了不少文章，最近終於結集出書，出版第一本著作了。我為她高興之餘，不禁要寫幾句話好好的恭賀她一番，是為序。

二〇〇九年三月六日

湘女多情

楊秋生

任誰見到典樂，都會為她的多情而感動。

典樂是一位生得熱情，活得熱烈的人。第一次見到她，我就深深地被她吸引。那時我們兩個都懷著孕、害著喜。我是眉頭深鎖，她卻笑容燦爛如陽光，沒事給我個電話為我打氣。我躺在床上和她談文學、說藝術、講美食，從《三國演義》說到《紅樓夢》；從《茶花女》說到泰戈爾；從董源說到歐豪年，共同的喜好，讓我們一路作伴相依，二十年如一日。

待在家的我，寫作的腳步自然比較快。而既要上班，又獻身公益的她，自是斷斷續續，始終不能一氣呵成。然而她從未放棄，也未曾斷筆，一點一滴的辛勤耕耘，輪到我時時為她打氣了。

而今，典樂終於要出書了。

橫跨十多年，她的風格隨著不同的境遇，多重的歷練，從婆婆媽媽變為精簡卻不失婉約，看似隨興，卻又深含人生哲理。而書中不變的是她一樣的熱情——對這個有情世界始終如一的熱情。

寫一段文字，記下屬於我們的有情歲月，願與天下有情人分享。

讓平淡昇華的魔術

謝動

典樂的文章一如其人，你不注意也困難。

她善於從平淡的日常生活中，以異常的角度看點點滴滴，而昇華成為濃縮的人生感觸或哲理。我想，她的祕訣在於行文流暢，但不輕滑。她的文章總是堅持言必有物的大原則，又輕巧地布置了適度而環環相扣的細節，使讀者走入想像的世界，不覺得心煩。當她身在墨西哥，從計程車內打量駛過的公車之破舊，她注意到「門板接縫處的螺母螺帽仍可見」的細節。

典樂的好奇顯然是她寫作的動力。她習慣找尋並確認很多補充資料，在網上，在書本裡。每一次看她在旅遊前，旅遊後所做的資料填充，我總被她那種作研究的精神所感動。她記性之強，是老天不公平的地方。在許多朋友的眼裡，她時常扮演著活的詩詞百科全書的角色。每當她開始如流地背誦古典詩詞的時候，總有人輕輕地搖頭微笑著：都二十一世紀了，怎麼還有這樣的人呢？

從小典樂的國文基礎打得很紮實。她用字遣詞，雅俗交錯，才能久久扣住讀者的注意力。和她相處久了，才發現她游於藝的過往。對書畫，對篆刻，她到現在，即使現實的擔子沉重，她的眼神仍然不時透漏出赤子之心。這種性情中人的人生態度，使她的行筆處，洋溢著人文的品味。她選擇的題目，可大如患難母女情，小如鳥語，但總是觸發了讀者的共鳴。這集子裡，每一篇都像是你和她兩個人有約，面對面坐著，她開始一五一十地說故事，讓細節，讓她變化不斷的表情帶動了臨場感。

於是，你不知不覺中，忘了一下午該做的事。

典雅喜樂

葉文可

典樂這兩個字當筆名真好！彷彿脫胎換骨，「典雅喜樂」。閱讀典樂的文章是賞心悅目的，她的國學基礎深厚，讀她的文章，使我想起古人。

〈懷念我父我母〉文章開始：「三年來雖極力抑制悲傷，仍不免時時想起父母，有時甚至忘了他們已不存在，常在恍惚中，見父親拄著拐杖走來，或感覺到母親在廚房裡張羅飯菜……」

此情此境，彷彿蘇軾〈江城子〉：「夜來幽夢忽還鄉，小軒窗，正梳妝，相顧無言，惟有淚千行。」

她寫壺口瀑布，氣勢雄渾，結構嚴謹，筆法不凡，使我眼前一亮，驚嘆不已！又想起蘇軾的〈赤壁賦〉。典樂告訴我，當時她站在瀑布旁邊，一份深深的觸動，使她久久不能自己。

她寫老友秋生的家居生活，點點滴滴的生活情趣，秋生的慧質蘭心，她與偉剛的琴瑟和嗚，讀著讀著，那種氛圍，使我不由得感受到《浮生六記》。

她寫湘西小人物，娓娓道來，清新有趣，讀者彷彿身歷其境。她的舌頭扠刺，驚動餐廳所有人士相助。餐廳大廚一大早起床做熱騰騰的饅頭包子給他們上路……小百姓的純樸可愛，令人感動。

認識典樂多年，她善良直率，敦厚忠誠，心胸廣闊，愛家愛友。人如其文，典樂的文章，正是內心世界的展現。

目次

他序

第一部　百味人生

藍色夏威夷　133
活出閒情逸趣　137
看海　141
樂石小記　147
鄰里溫情　151
咖啡情思　155
叔父的心事　159
無窮的回味——懷念我父我母　167

第二部　神州行腳

第一部 百味人生

書窗外

三十多年前，我初到德州唸書時，曾在筆記本上寫了一篇手稿。出國唸書時沒帶稿紙，文章寫得又不夠成熟，後來回家省親帶回稿紙，卻始終沒有謄寫那篇文章。近來整理舊物，翻出那本筆記，終於又憶起了那段歲月。那是一段滿懷希望，充滿憧憬的歲月。我天天坐在書桌前唸書趕作業，週末則臨窗寫家書。書窗下，我靜思冥想，生平萬事都到目前。書窗外，四時變化，人生百態……

老樹

搬到Gaston女子公寓時，是我到德州理工大學唸書的第二年年初。一搬進宿舍，訝然發現東邊的窗外有一株大樹。那樹比這棟樓還高，我住在二樓，窗戶正對著樹的中段，也是枝葉最茂盛的一段。一支粗幹剛好伸延到窗邊，枝椏交錯，樹影扶疏。因為這株樹，我特別喜歡這間房間，我把書桌搬到窗邊，窗檻就權充作書架。那時正值隆冬，才下過幾場小雪，草地上殘雪未融，枯枝上吊著晶瑩的小冰錐，景色十分蒼涼。老樹旁有一叢常綠灌木，大雪中不但翠綠如常，還結了一串串的紅色小果。那點點殷紅在綠葉白雪中，參差有致，是造物者給蕭瑟的寒冬染上的最美麗之顏色。

冬天風大，臨窗讀書常見淩厲的北風吹得枯枝狂顫亂搖，油然想起板橋詩句：老樹槎枒撼四壁。

那時的留學生都窮，去國離鄉，無時無刻不觸景傷情而強說愁。我們那座大學城，座落在德州西北邊陲三千英呎的高原上，英文名叫 Lubbock，中國留學生把它翻成「落泊客」。坐在樹影掩擁的窗下，想自己落泊他鄉，恍若隱居在深山中的落第秀才，守著寒窗苦讀。遐思中，為了錦繡前程，還真能發奮讀書。

繁忙的功課壓力下，時間過得飛快，不知不覺中窗邊的老樹已發出了青嫩新芽，又在不知不覺中，它已是枝葉茂密，濃綠滿窗，這才驚覺夏季早已到來。等到樹上掛滿了一串串似銅錢的果實時，我才知它是榆樹。秋天，像銅板一般的翅果落滿了一地，那可真是「滿地榆錢不聊貧」。

秋深了，我坐看黃葉舞秋風，轉眼那老樹又成了光禿禿的一片枯枝。在窗前讀書，凝望窗外的風景，是我那時最大的身心調劑。

月華

德州乾燥，天空多半萬里無雲，夜幕低垂後月兒格外明亮。晚上讀書，常見枝椏間灑下一片月光，月華樹影，幽思油然而生。異國無中了，不知朔望，偶見上弦月細如金鈎，也能猜到不是初一就是初二了。有時書唸累了，猛抬頭，忽見一輪滿月當窗高掛，就知該是十五了。月圓月缺就在我眼前周而復始，日了也就忙忙碌碌的晃過去。

有一晚月亮特別亮，月華似一片透明的銀紗籠罩著枝頭樹稍。忽見窗前的粗幹上有一對斑鳩，相依相偎，好似在月下談心。這樣的景色真是美極了，我忙把室友們都叫來看。眾姐妹看到鳥兒的幸福自在，反顧我們卻都在報告考試中掙扎。窗外月光如水，兩鳥無猜，使人徒生落泊客人不如鳥之嘆。

過不多久我發現枝椏之間有　簡陋的鳥巢，兩隻鳥開始輪流孵蛋。斑鳩不善築巢，那鳥巢是用一些細細的樹枝交錯重疊而成，上面墊了一些枯草樹葉，勉強能承受兩個小蛋。也不知過了多少時日，又是一輪明月當空高掛，枝上的斑鳩夫婦旁赫然坐了兩隻幼鳥。那時當是暮春時節，榆花盛開，花影月華中，斑鳩鳥一家人對月吟風。此情此景，怎不叫我這異鄉遊子更加思念家人，不由空吟起：我欲乘風歸去。

課業繁重，書讀累了，時常倒頭就睡，熟睡中，夢裡不知身是客。偶爾午夜夢回，怵然驚醒，見到床前的明月光，竟深深體會出李白寫夜思的心境。

有一晚，我依然在窗前夜讀，室內室外一片寧靜，忽覺窗外的月光忽明忽暗，那月華好似空中靈光，一會兒灑滿窗前，一忽而又暗去。我竊喜宇宙大概出現什麼奇觀了。忙起身往窗外仔細看去，原來是窗前那枝樹幹在晃動。那時的枝葉已十分繁茂，只見樹幹忽然從窗前移開，月華刷的瀉下來，驀地樹幹飛也似地橫掃回來，月華倏忽隱去。再凝神看去才明白窗外不知在何時刮起了狂風，然而我在室內卻一點風聲也聽不到。原以為是月華在閃動，後來發現是樹搖影動，結果是風吹樹動。我不禁啞然失笑，不論是風動還是樹動，月光底下到底出不了什麼奇觀，不過是我的心在動罷了。

窗景

窗外視野廣闊，三株榆樹一字排開，只有窗邊這株靠著宿舍，另兩株依次漸遠，也依次漸矮。樹旁是通往校園的小徑。白大往窗外望去，可以見到小徑上，女學生們來來往往。遠處男生宿舍旁的草坪上，常見男學生在那兒踢球。

一個冬日的週末，我睡了個懶覺，拉開窗簾，見陽光灑了枯黃的草地一片金光。我穿了一件薄外套便往外跑，走了幾步，便被刺骨的寒風吹得全身發抖，凍得我忙躲回宿舍。室內是中央暖氣，非常舒適，窗外晴空萬里，陽光明媚，很難讓人相信屋外的氣溫仍在零度以下。我倚窗極目，看到樹枝上結的一層薄冰，枯草上的殘雪，不禁恍悟，那不就是冬影嗎？

又一日，我清晨起來，如常的拉開窗簾，竟見到白雪滿窗，在陽光反射下，一片瑩亮奪目。我收拾書籍正準備去上課，忽接到同學王政生打來的電話，說收音機裡播報學校因大雪停課。我好奇，穿上馬靴想出去看看，走在雪地上，一腳踏到雪裡幾乎快淹到膝蓋，頓覺舉步艱難。實在想像不出，一夜之間是什麼樣的豪雪，竟能積雪盈尺。剛走過舍監門口，就被她探出頭來叫住，說學校停課，要我儘速回房。原來落城很少碰到這樣的大雪，校園裡所有的道路都被白雪覆蓋，而學校又沒有鏟雪車，無法清除，為免學生發生危險，只好將我們禁足於宿舍。我無奈，只好回房去臨窗賞雪。窗外的大樹幾乎整個被白雪包住，我很有衝動，想學紅樓夢裡的妙玉，鏟下枝頭積雪來煮茶，可惜這種舉動一定逃不過舍監的法網。通往學校的小徑完全看不到了，天地間一片銀白，遠處所有的建築物都覆蓋在半尺高的皚皚白雪之下，聖誕卡上的景致盡到眼前來，我在窗內細細領略冬景之美。

落城是半沙漠型的地理環境，春天，偶而會括狂風沙，往窗外望去只見漫天黃雲，遮天敝日，女學生們抱著頭在小徑上狂奔。想起方才我頂著風沙自系館回來，臉上被風沙吹得刺痛不堪，雙眼幾乎睜不開，頭髮上盡是泥沙，也跟她們一樣的狼狽。如今沐浴更衣後，坐在窗內凝視自然奇觀，不由感謝這棟宿舍蓋得實在牢固，隔音效果又好。我住在裡面，不論外面是狂風暴雨，或是飛沙走石，在室內一點也感覺不到。

結語

離開落城，別了書窗，走入了外面的現實世界。當年在書窗下編織的夢想，早隨著世事的變遷被自己不斷的修正。而那段每天早晨，拉開窗簾，迎向陽光的日子，卻永遠不會在腦海中褪色。

原載《世界日報》副刊

春城無處不飛花

每當後院的洋水仙悄悄地從地裡冒了出來，街角的辛夷花綻出粉紫的花苞，我就免不了要想起了哥倫布市的春天。哥城是俄亥俄州的首府，也是俄亥俄州立大學的所在地。

那年先生到俄州大攻讀博士學位，我捨去了德州的工作，兩人從德州開了五天的車，到達哥城那日是三月一號。俄州靠近大湖區，早就聽說它冬天很冷，卻沒想到三月天裡仍然大雪紛飛，無邊無際的銀白，看得人心裡發寒。

開學後先生忙於功課，我則在找事或繼續就學中徬徨。初到俄州時，心情特別茫然，結婚不久，生活不適應，好朋友都在德州。外面冰天雪地的，唯一能做的事就是到俄大圖書館去借書。

四月初積雪漸漸化盡，露出來的是到處光禿禿的泥土與滿城的枯樹。哥倫布是老城，學校附近尤其老舊。從居處走到學校的途中，一路上都是哥德風格儼如小古堡的老房子。那一帶的住家之間沒有圍牆，多數人家也不鋪草坪，學生們就踏在人家前院的黃泥土地上往學校走去。

有一天，我自圖書館回來，忽然發現泥地上不知何時，冒出了許多小花。那花個頭跟牽牛花差不多大，但花冠是分開的六瓣而不是喇叭型，葉子細的像韮菜，我眼睛一亮，它們是小韮蘭。走著走著發現一路上都有小韮蘭從泥地裡鑽出來，左一叢，右一叢，白黃粉紫，嬌嬌嫩嫩，美不可言。出國前，我喜歡逛園藝展，見過養在盆中的韮蘭，像這樣的遍地花開，乃初次見到。被冰雪壓低的心情忽然間也化開了。

我們住的房子是一棟三層樓的小古堡，裡面隔成很多間小公寓，每間公寓有自己進出的門戶。我們住的那一角的大門，面對著後院。院子裡每天都有不同的花草從土裡冒出來，先是豔黃的洋水仙，接著是風信子，也不知什麼時候鬱金香也鑽出了滿地。往學校的途中，戶戶人家都是花團錦簇，我突然領悟到，春天來了，它踏著大步為人間帶來了七彩繽紛的美麗繁花。

中學時代懵懵懂懂的背誦朱自清的〈春〉，無法了解，春天來了有那麼了不得嗎？在沙漠裡住了幾年，春天也沒什麼特別。搬到俄州，我強烈的感受到，春天為人們帶來的喜悅，那像是置之死地而後生，前景一片燦爛。正像朱自清所說的，春天像剛落地的娃娃，從頭到腳都是新的。

每日出門，都有賞不盡的奇花異草。鬱金香的品種真是多，有誇張的大紅，嬌嫩的粉紅，亮麗的金黃，浪漫的桃紅，酒杯型的，茶碗型的，任人看了都覺賞心悅目。比起鬱金香，風信子又更為高雅秀緻，它的花型嬌小，疏密有致的開滿一莖，不論粉紅，紫色或黃色，都是淡淡的並發出甜甜的幽香，極是惹人憐愛。有一戶人家的牆邊種了一排闊葉小鈴蘭，一串串潔白的小鈴鐺像日本藝妓垂在鬢邊的裝飾，可愛極了。還有整片的小蒼蘭，滿地的日日春在那兒爭奇鬥豔。這些花我以前極少見到，尤其是風信子與鈴蘭只有在圖片上見過。

當黃土地上奼紫嫣紅開遍的同時，道旁那些光禿的的灌木矮叢及行道樹，也在悄然地抽芽吐蕊。好像是在一夜之間，就突然發現春在枝頭已十分。

那時我正向材料系申請入學許可，每日在系館進進出出。系館前有一株枯樹，樹皮龜裂似龍身上的鱗甲，樹幹盤旋向上，枯枝交錯，姿態很特別，酷似一條甩鬚揮爪的狂龍在那兒飛舞。我常常想，若把這棵樹砍下來，取名「飛龍在天」，移到博物館中，善加保護，應該比任何木雕作品都要出色。也不知什麼時候，那棵樹的枝頭結出許多粉紅色的花苞，走近細看，有些像豆花一樣的蝶形花朵已在輕輕舒展，啊！原來這棵樹沒有死，它是棵山茱萸。我這才注意到校園裡到處都是山茱萸，遠看就像枯樹之上長出了紅珊瑚。除了山茱萸，校園裡的櫻花也特別多，而且櫻花多半是成排成林的一大片。最美麗的要數化學系館側面那一大片，開多重瓣似迷你薔薇的櫻花林，粉紅色的花海，比美陽明山的花季。

走在路上，每天都有不同的驚喜。桃紅李白自不用說，杏花鮮妍，梨花勝雪固然美麗，但似乎都比不上我看到海棠花的驚豔。認識海棠花，是大二那年暑假，同學邀我們幾位好友去她父親在梨山上的果園度假。我在果園中散步時，偶遇一位伯伯指給我看海棠花。梨山寒冷，雖是夏天，海棠尚未謝盡。乍看海棠，覺得它與櫻花頗為相似。經那位伯伯講解，才知海棠與櫻花都是傘狀花序，但海棠的花瓣是圓形，櫻花是長圓形。結出來的果實也不同，海棠子酷似山楂屬假果，櫻桃像桃李一樣屬真果，但多半的觀賞櫻花並不結果。

歌城的海棠花是半透明的粉紅色，淡雅宜人，有一股茉莉花香，應該是與我國的西府海棠同種。海棠古稱花裡神仙，蘇東坡酷愛海棠，他還嫌桃李滿山總粗俗。我想才女張愛玲平生三恨之一的海棠無香，應該指的是秋海棠或貼梗海棠。真正的木本海棠花是很香的。

俄大與湖北武漢大學是姐妹學校，訂交時，武漢大學送來三株牡丹栽植在文學院前。那是我生平第一次目睹花中之王的風采，一直以為牡丹花俗豔，親眼見到才知，那都是畫家們的錯。牡丹花型大，花瓣重重疊疊，本來就難以兩度空間的畫紙來描繪。再加上它花瓣特別輕柔透明，因此白牡丹的瑩潔，紅牡丹的嬌柔亮麗，真不是任何顏料可以調配得出來的。校園裡也有很多芍藥花，它雖然與牡丹長得很像，相比之下，就遠不如牡丹高貴大方。

俄州有一種八蓋樹，開一大長串的似桐花的花朵，花色繁多，極為美豔，俄州人以此花為傲選為州花，春天裡八蓋花開遍滿城，風光自是旖旎。北國多楓樹，我卻不知楓樹也會開花，它的花是黃色的小流蘇，非常獨特。放眼望去，沒有一棵樹上沒有花，真只能以暮春三月，鶯飛草長，雜花生樹來形容。唯一遺憾的是全城裡找不到一株梅花。

東風拂面，偶落杏花雨，一時間卻見風飄萬點殷紅，自己已是踏花而行。從化雪時的滿目悽涼到百花齊放，不過半個月的光景，那種強烈的差異，怎不教人年年盼望春天的到來。

搬到加州二十多年，雖然人人都說加州花多，但跟哥城相比卻是小巫見大巫了。或許這就是造物者的公平之處，要享受四季如春的陽光，就缺少四季分明的變化，更感覺不到春天來了的狂喜。

校園秋色

秋，好像在一夜之間就深了。窗前的大樹，黃葉飛舞，在晨風中更飄出了濃濃秋意。花徑上又是一地的落葉。

走入校園，但見枝頭樹梢都染上了顏色，迎著晨風，搖著一樹秋意。系館前一株橡樹，老樹搓枒，高與二樓齊。平日它枝葉茂密，神采飛揚；如今那羽狀的葉片，有的依然翠綠，有的已轉成鮮紅，更有的半綠半紅。西風吹起，落葉紛飛，好似彩羽飄舞。初來歌城的那年秋天，看到這殷紅的羽狀單葉，還不知它就是英國的國樹——橡樹。只覺它葉片的風采，並不輸楓葉。後來才知道它的聲名的確可與楓樹齊驅，　樣廣得人人厚愛啊！

走入研究生辦公室，老遠便看到西窗外的銀杏樹，已披上了一身金黃。我最愛銀杏樹了，除了它扇形的葉片，帶著中國古典風味，更愛它那高大挺拔的樹形。秋天的銀杏樹也是多色的，入秋以後，葉片由深綠轉為青綠，漸漸由淡黃而金黃。窗外的銀杏樹也落了一地的黃葉，樹上的葉片疏落有致，更顯出銀杏樹的秀逸。銀杏的果實，就是俗稱的白菓。秋天果實成熟飄落滿地，也是松鼠豐收的季節。前幾日，走過銀杏樹下，順手拾些白菓。兩隻松鼠，本在樹下覓食，看到我來，急急竄上樹去了，不一會幾棵銀杏對我當頭打來，還好躲閃得快，沒被打著。抬頭往樹上看去，原來是松鼠的傑作，兩隻小東西對我怒目以視，不知是在抗議我與牠們爭食，還是在對我示威。如此小小鼠輩，竟也會攻擊人類，直令人哭笑不得。匆匆走離白菓樹，心頭仍止不住好奇，沒想到看似溫馴可愛的小松鼠，也有兇悍的一面。

圖書館前，菊花開滿了一片，艷黃粉紫，燦爛奪目，秋風吹過，百花凋謝，在沒有梅花的歌城，這菊花可擔得起「此花過後便無花」之稱了。這秋景雖美，若無好花幫襯，也多少會顯得蒼涼。菊花不與百花一般在東風裡爭艷，而來點綴秋景，是想與秋霜抗衡，還是怕在牡丹、芍藥間失去光彩。難怪那惜花傷春的黛玉要問「孤標傲世偕誰隱，一樣花開為底遲」。倘若花能解語，真該回答這多愁善感的才女了。可惜，世間到底沒有解語花，才惹得多少詩人為這傲霜秋菊，歌詠至今。

我坐在圖書館前的石椅上，一點也提不起念書的興致，天氣雖有些冷，卻是晴空萬里，正是秋郊賞楓的好日子。俄大的校園中有一條河，縱貫校園將俄大分成東西兩校區，我記得河邊有一大片楓樹，此時該是紅於二月花的時候了。信步往河邊走去，穿過館旁的小徑，見兩旁的松柏依舊，蔥鬱蒼翠，好個松柏後凋於歲寒，西風蕭瑟中，仍不見半點枯枝殘葉。館後，一片小樹林中有一排俄州的州樹——八蓋樹。這種樹有著巨大的掌狀複葉，果實也是堅果類，形似栗子。聽說果實有毒，只有松鼠能吃。它春天開花，花朵碩大鮮艷，很美。如今，早已枝頭落盡，黃葉滿地了。我不懂，為什麼俄州人這麼偏愛這種樹。它實在沒有任何利用價值啊！我曾聽一位美國同學說，八蓋果提供松鼠足夠的食物，就是它的價值所在。老美對於小動物的愛護，可謂關懷備至了。

河邊楓紅層層，映著淡綠河水，格外明艷，我坐在一棵楓樹下，舉頭自紅葉片片間看藍天白雲，更覺紅葉耀日照眼鮮明了。這條河很寬，兩旁植有不少樹木。河對岸，數株楊柳，葉已落盡，細枝軟弱的隨風飄蕩，真是秋色已老，冷冷清清。想起幼時唱的秋柳，最後幾句是：「眼前景，已全非，一思量，一回頭，不勝悲。」不由心往下一沉，人生不也是如此嗎？青春少年，多值得珍惜。

往北望去，也有許多不知名的樹，葉落得早，枝頭只留下稀疏幾點，倒像元朝倪雲林的畫，簡逸疏秀，別有空靈之氣。秋，要看你用什麼角度去欣賞，說它蕭索、淒涼也好；靈逸、秀美也無不可。就像雲林之畫，古淡天成，後人不說他的畫筆簡略，卻說他純寫胸中逸氣，為文人畫中之逸品，可列元四家之首。秋，也可列四季之冠了。

河裡有多群寒鴨在戲水，有黑色的小水鴨，及尖嘴鴨。可惜我不識雁鴨科類，無法知道它們的名字。河面漂來一大群野鴨，雌雄成對，竟不見落單的。雄鴨的羽毛鮮艷，好似台灣的綠頭土番鴨。雌鴨，羽毛黯淡，跟雌鴛鴦長得很像。看牠們悠遊河中，瀟灑自在，真令凡人羨煞。偶見一雄鴨飛起，雌鴨尾隨，翱翔比翼，又是一番真情。

碧雲天，紅葉地，西風緊，北雁南飛。這群雁鴨，是否還要往南飛去。我離開河邊，打算再回系館，回頭紅葉仍然似火，使人喟然：「曉來誰染霜林醉，總是離人淚。」如果能早日還鄉，染紅霜葉的便不再是離人淚了。

民國七十四年十二月二十四日《中央日報》副刊

紐約歷險記

去過紐約幾次，對那高聳屹立的自由女神，人文薈萃的百老匯，收藏豐富的大都會博物館都眷戀不已，然而想到那兩次的驚險經歷也餘悸猶存。

單身女孩進城

第一次去紐約是在一九七七年冬天。學校放寒假，我收拾行囊，到住於華府近郊的高中同學明選家度假。那時好友晴晴新婚燕爾，與大婿卜居於紐澤西州。紐澤西與紐約一河之隔，相距甚近，由於久慕紐約繁華，心生嚮往，正可借著拜訪晴晴之便，順便一遊紐約城。晴囑我坐灰狗巴士到紐約總站，他們可乘著到紐約採購之餘，順道接我，以免我轉車麻煩。而且當晚還可在中國城飽餐一頓，瀏覽一下哈德遜河的夜景。晴的計畫真令我雀躍不已，紐約的中國城，吸引我已久，想到即將享受道地的中國菜，更不覺垂涎三尺。

原預定坐下午一點自華府開往紐約的直達車，臨行前明選與男友鬧彆扭，遲了幾分鐘，沒趕上巴士。而晴又不在家，無法與她聯絡，我心裡不由七上八下，準備打消此行。又擔心晴到巴士站久候不至，怪我失約，明選則認為晴到巴士站一問便知華府到紐約的直達車是每小時一班。接不到人自然會等下一班，總不至於把一個女孩子丟在大紐約市。再說我遠從德州來東部渡假，機會難得，怎可說不去就不去呢！言之有理，我也就毫不擔心的等二點鐘的巴士。

這是我第一次坐灰狗巴士，一路上玩賞風景，頗不寂寞，到了紐約，已是下午六點半。下了巴士，不見晴晴來接我，心想，他們可能上班車沒接到我，到別處逛去了，想必待會就會來找我。我於是在巴士站裡悠悠哉哉的閒逛起來，這才發現紐約巴士站出奇的大，一眼望去，奇長無比的長廊，東迴西轉，看不到盡頭。偌大的車站，要找一個人談何容易，更何況我又遲到了一小時。一時，我又想上洗手間，好不容易找到女盥洗室，正要進去，卻見一黑胖女人攔住去路，對我一伸手說：「給我二毛五分。」「上洗手間要錢嗎？」「妳給我就是了，不必多問。」

看她滿臉橫肉，一副兇相，我乖乖的給了她二毛五，本以為像臺北車站的洗手間一樣，會送我衛生紙的。誰知她收了錢，把頭一轉，便不再理我。唉！竟有人在這裡強收買路錢。

出了洗手間，一看腕錶，已是七點多，舉目四望，仍沒有晴晴的影子，看來我真要孤零零的流落在紐約市了。我忽然突發豪性，既然碰不到晴晴，好歹已是置身於紐約，不如自己到街上逛逛，找家旅館住下。明天，自己摸去中央公園看博物館，再搭黃昏的巴士回華府。主意既定，我便背著行李，走出巴士站。

巴士站外高樓插天，連綿不斷，抬頭難見星月，四顧也不見燈火輝煌，商店都已打烊，街上稀稀落落站的都是黑人。這那是我想像中的世界第一大都會。我還當出了巴士站，就像臺北車站外，霓虹燈閃爍，行人如織。對面就是觀光飯店，旁邊就是百貨公司。怎會是這般紊亂陰森的光景。何處是百老匯？哪兒是洛克斐勒中心？只聽說離巴士站不遠，然而在此茫茫黑夜又到那兒去找。看來街是逛不成了。只好找家旅館吧！走了幾步見路旁站著一黑女人，看來還算和藹，便上前問她，附近可有旅館。她斜睨了我一眼偏過頭去，竟不答話。我耐心的再問一次，仍然沒有反應，氣得我衝口罵了聲「討厭」，離她而去。

我站在十字路口，真不知何去何從。嚴冬的紐約，寒風逼人，我走到街邊廊下避風，忽聞一股酒氣沖鼻而來，腳前彷彿有團黑影，定睛一看，竟是個人。我本能的往後一退。又忍不住偷眼望去，只見那人身著一襲黑大衣，又髒又舊，蜷縮在廊下，身旁一個空酒瓶，狀至噁心。這醉鬼，也不知是死是活。若是死人，我最怕鬼了，快逃！若是活人，跳起來，一把揪住我，那更可怕！一念及此，我轉身便跑。正要過街，卻見一群黑人迎面而來，跳跳唱唱，東倒西歪的走路姿態，準不是善類。我轉身往來路跑去。竟聽到後面有人叫：「喂！女孩，別跑。」隨即有人追來。我一驚非同小可，沒命的往巴士站跑。雖然巴士站已經在望，後面的腳步聲，也近在咫尺。我拼足力氣往前衝，但覺頭昏眼花，精疲力竭，正要大喊救命，才發現後面已沒了腳步聲，原來旁邊正有兩位巡邏警察站在那裡，我暗叫一聲「好險」。急急躲進巴士站，猶自氣喘咻咻，驚魂未定。

醉鬼，瘋漢們驚破我浪遊之夢，我對紐約頗覺意興闌珊。打算連夜趕回華府。到售票台相詢之下，才知往華府的最後一班車是七點半，剛開出巴士站沒多久，這可如何是好，只好夜宿巴士站，以等翌晨的巴士了。我戰戰兢兢的問售票員，在巴士站過夜是否安全，只見他把個腦袋猛搖，連說不可。原來過了午夜，站裡的員工都下班回家，巴士站裡很可能會有歹人出現，我一個單身女子，又提個大行李，正是他們打劫的對象。再說冬夜酷寒，零下十幾度的氣溫，睡在這，不被凍死，也會生病。我聽了，頓覺憂心如焚，眼淚幾乎奪眶而出。看那售票員並無憫人之意，我只好識相的走開。

正在徬徨無計之際，有一個年輕的白人男孩向我走來，他很禮貌的自我介紹，說他是附近某大學的學生叫艾爾，假期中在巴士站打工——搬運行李。見我在巴士站徘徊很久，想必遇上了麻煩。我告訴他訪友不遇，在紐約又無親友，所以不知何去何從，他立刻催促我給晴打電話，響了十幾聲也沒有人接。艾爾不斷的幫我試，仍徒勞無功。我無奈的聳聳肩，真哭笑不得。艾爾好心的安慰我說，一定可以聯絡到晴的，若真找不到晴，他有一女友也從華府來，將於八點半到，或許她可幫我，便要我坐在一旁等候，他繼續去運行李。

我坐在那，悔恨交集。真不該獨自跑來紐約，就算能與晴聯絡上，又怎好勞煩她，再自紐澤西開一個多小時的車來接我。今晚可不能有什麼三長兩短，我還得留著小命回學校唸我那未完成的學業，好學成見爹娘。早知會落得這等光景，真該留在學校與同學們打打拱珠，亂蓋一通的好。想起平日同學們的互相關愛，小城百姓的熱情友善，才知「在家千日好，出門事事難」。八成是自己太貪玩，才遭老天爺這般懲罰，事到如今，也只好指望艾爾鼎力相助了。

八點半過後，果見艾爾挽著個女孩過來。原來他女友也是個黑髮棕眼的東方女孩。艾爾向我介紹他女友名叫凱倫，是韓國人。凱倫親熱的與我握手，她已從艾爾那得知我的處境，頗為同情。她說若我聯絡不到晴，就到她的住處過夜。不過要等艾爾下班後才能送我們回去，次日再叫艾爾送我回巴士站。黑夜中我總算看到了曙光。萍水相逢，卻願意這樣幫忙，真令我感激莫名，對他倆千恩萬謝。艾爾說我在車站折騰了兩個多鐘頭，只怕尚未吃晚飯，凱倫一聽立刻邀我與他倆同去自助餐廳吃點東西。

我點了一杯咖啡，一客派，手拿著叉子食不知味。看看腕錶已是九點多，他倆建議我再打個電話試試。算算晴晴也該回家了，果然電話響了數聲，便有人接了。那端傳來晴的聲音：「安安，妳在那裡，我們剛進門。」

原來明選住的小鎮在華府與巴特摩市之間，晴不知怎的錯聽成我自巴市來，所以他們到巴市來的站牌等我，等到六點多，仍沒接到人，而巴市到紐約的最後一班車是六點半，沒見我下來，他們只好離去，真是陰錯陽差。

晴的先生建議我自己坐車過去，正好艾爾提著我的行李走來，他接過電話，問明路線，便幫我劃了張橫七豎八頗為複雜的路線圖。艾爾向我解釋，先坐地下鐵到世貿中心再轉另一線地下鐵到小火車站，坐小火車到荷布肯再轉地上火車到茄聲。晴他們將在茄聲車站等我。我臉上總算擠出了一絲笑容，猛想起，吃了東西還未付帳。凱倫說今天艾爾請客，堅持不要我付帳，我只好連聲說謝。他倆送我到地下火車站，臨上車前又殷殷叮囑，要我千萬照圖轉車，一路找人多的地方站，切不可亂跑出車站，我感激的抱著凱倫親了她一下，今日若非他們相助，後果真不堪想像。事隔多年，不知他倆現在何處，每想起此事，便怨自己粗心，竟沒問他們要下地址，寄張謝卡給他們。願蒼天善待這對好心人士。

我一路問問走走，總算搭上往茄聲的火車。回想地下鐵上的髒亂及龍蛇混雜，還看到好些個神志不大正常的人在那大呼小叫，真令我膽戰心驚。好在火車上十分乾淨又多是白人，一顆緊張的心總算放鬆。這時查票員來了，驗了我的票，便兇巴巴的對我說：「妳不能坐在這，到前面兩節去。」

笑話，君不見前面兩節的人都在那擠沙丁魚，放著後面的空位不坐，要我到前面去罰站，我才不幹這等傻事。我四平八穩的坐在那，不理查票員的話，沒多久查票員回來，看到我仍坐在那。竟對我吼道：「妳怎麼還在這，快到前面去。」

我滿腹委屈的問坐在旁邊的一位中年紳士：

「查票員為什麼不准我坐在這，是不是種族歧視。」

「小姐，妳到哪裡？」

「茄聲。」

紳士笑著向我解釋，這班車到下一站將一分為二。後幾節另接火車頭開往別處。只有前兩節開往茄聲。我聽了大吃一驚，提起行李，也忘了說謝，便往前面飛奔而去。正行之間，火車已經停了。剛鑽入第二節車廂，還未站穩，便聽到「誆」然一聲，火車已分成兩半，回首來處已緩緩的朝反方向移動而去。好險！倘若還坐在那兒納福，今宵真不知將流落何方，別說到不了茄聲，只怕小命也難保住。天下之人真無奇不有，從沒聽過火車是這等開法。

見到晴晴，恍如隔世，能平安到來，他夫婦也欣喜不已。今晚雖飽受驚嚇，倒遍搭了紐約三種不同的交通工具，也算不虛此行了。

又是貪玩惹的禍

最後一次到紐約是在前年暑假。那時我早已完成德州學業，也結婚多年，隨外子遷居於俄州歌城。那個假期原本與好友楊俐芳到水牛城觀瀑。尼加拉瀑布的兩片大水柱未能盡我們旅遊之興。我跟俐芳都是貪玩之人，臨時起意取道波士頓再轉往紐約，好好暢遊一番。外子也想到波士頓看望久未謀面的表哥表姐們，便欣然答應。

遊罷波士頓到紐約時，已是星期五下午，下了高速公路，便開往城中的女青年會，準備夜宿那裡。外子與俐芳都是第一次到紐約，雖然預先打聽了不少旅遊資料，到底不是識途老馬，錯過一個交流道，便誤闖到黑人區。滿街遊盪的黑人及頹廢的樓宇，破敗的街道，直看得人心裡發毛。我們緊緊搖上車窗，只望快快開離此區。偏巧碰上紅燈，車停在十字路口，一個黑人男孩竄出來，拿起刷子就往我們的前車窗上刷。三人相顧失色，看到路旁許多虎視眈眈的黑人，真不知如何開銷這小鬼頭。出乎意料的他只索價兩毛五分。胃口這麼小，我們真是窮緊張。車窗經他一刷，倒也光亮，想起當年橫在盥洗室前要買路錢的黑女人，這小男孩可比她可愛多了。我多給了他幾枚硬幣，心裡止不住有幾分傷感，黑人們難道真沒有生路？而非以這種方法賺取蠅頭小利不可？車轉過街角，眼前豁然一亮，一棟棟摩天大樓，掛著五彩招牌，街上行人衣冠楚楚，儼然都是紳士淑女。數街之隔卻有天壤之別，我不禁嘆了口氣！

在女青年會訂了房間，首先要解決的便是泊車問題。紐約的街道擁擠窄小，不適合開車，所以最好把車子寄存於車房，再坐地下火車四處遊玩。我們把車開到女青年會對面的一家車房，問明了週日也營業，便高高興興的寄存了車子。因為附近幾家車房都說週日不營業，而我在俄州大的暑期班修了幾門課，週一開學。外子也要趕回去做實驗，所以非得週日趕回哥城不可。這家車房雖稍貴，也只好將就。

回想那年初到紐約的孤苦淒涼，再看今日有老公好友相伴，景況真不可同日而語。那時初到美國不久，什麼也不懂，分不清東南西北，又不解紐約的人情世故。而今來美多年聽多見多，車上又備有全美高速公路地圖及旅遊指南等，區區一個紐約城，還不怕把它玩遍嗎？我們在這短短的一天半內，排滿了節目。先到中國城逛逛，順便晚餐。再到帝國大廈樓頂，看紐約夜景。次晨先去自由女神像瞻仰，中午到聯合國晃晃，下午去中央公園走馬看花大都會博物館，晚上到洛克斐勒中心看表演，二人都盡興得很，不免得意忘形。

週日起來，吃過早點，我們退了房間，就等待十點鐘車房開門。十點過後，車房的幾扇大鐵門毫無動靜。一股不祥之感閃過我腦際，莫非上當了，他們今日根本不營業？外子急著去打電話，哪裡會有人接。俐芳留在女青年會的休息室裡看行李，我站在大門口兩眼盯著車房的鐵門，巴望它緩緩開啟。時間匆匆溜走，鐵門依然紋風不動。今日若拿不到車，缺課曠職，倒是其次。阮囊羞澀的我們，眼看著就要露宿街頭了。前兩日的揮霍，所剩的盤纏只夠付車房租錢及吃幾頓飯，哪有餘錢住店。

若拖到星期一再拿車，勢必還要多付一天場租，而車子是非拿不可的。偏偏我三人都沒有帶支票，身上只有幾張油卡，除了開車加油不愁外，別無用途。這麼看來，別說是住店了，連飯也沒得吃。紐約到歌城有十小時的車程，餓著肚子，誰開得動車，我拖著站得酸痛的雙腿回到休息室，看到老公好友，無計可施。三人也沒帶電話連絡簿，茫茫大紐約，真個借貸無門。在波士頓時，聽表姊表哥說了許多紐約的可怕，什麼千萬開車時別誤入黑人區，若碰到紅燈，當心老黑上來搶劫。又說紐約有十萬個流浪漢，車子千萬要停進車房，否則停在路邊，一定會被人卸掉輪胎，偷掉電瓶。若露宿街頭，不但劫走行李，還會腦袋搬家，真若如此，我夫妻做了同命鴛鴦不算，還得賠上個俐芳，豈不冤枉。

雖已是中午，我依然不死心，跑到門口，去盯著車房，恨不能眼裡冒出火來，燒爛鐵門。

「小姐，妳幾小時前就站在這，怎麼還沒走，有麻煩嗎？」

我回頭一看，問我話的，是一個穿著女青年會安全人員制服的老黑，那身藍色的制服給人一種可靠之感，遂把我們的狀況告訴他。他聽後搖搖頭說：

「你們受騙了，這車房週日是不開門的，往常也有不少人上過當，後來都只好多玩一天，多付一天場租。」

我把又去打電話的老公叫來，告訴他我們並不是第一個受騙之人，今日是註定拿不到車了。那老黑忽然眼睛一亮說：「你們跟我來，或許他們肯幫忙。」

我們不知他肚裡賣的什麼膏藥，跟著他過街，繞到車房後面，赫然是所警察局。

「警察有辦法開啟鐵門，我求求他幫你們拿出車來。」

是啊！警察為民保姆，當為我們解決問題，若他能打開車房門，我們開走車子，連租金都不必付呢！那豈不太棒了。

櫃檯後面坐著一瘦一胖兩個白人警察，看到我們進來，瘦警察伸長了脖子向我們打招呼，老黑仔細的說明來意，瘦警察邊聽邊點頭，臉上做出喜怒等各種表情。看來真有希望呢！我們開懷的相視一笑。瘦警察很憐憫的對我們說：「我很同情你們，但我沒有權利隨便開啟人家的鐵門。」

「求求你幫幫忙。」我倆同聲說。

「紐約騙人的事情，一天幾萬起，你要同情我們做警察的。」看來是沒有轉圜的餘地了。

老黑不死心，看到自始至終都沒開口的胖警察說：

「你聽到了嗎？你難道毫無憐憫之心嗎？」

胖警察懶懶的聳聳肩，依然沒有答話，瞧他胖的那德性，哪裡追得上強盜，無怪乎紐約的犯罪率偏高。

老黑回過頭來，又與瘦警察廝纏。

「你擔心他們露宿街頭出意外，我倒可以察看一下，有沒有空的牢房，讓他們借住一宿好了。」

什麼！要我們去坐牢。真會消遣人！老黑憤憤的領著我們離去。他要我們回女青休息室去，他再去想辦法，分手前，隨口問了我們前一夜住的是幾號房。

轉瞬間又過了半小時，老黑一去無蹤，真擔心他就此溜走。三人焦急不已，雖早過了午餐時間，誰也沒有胃口，更不敢花錢。我漸覺飢腸轆轆，兩眼金星亂冒，無情的時間不斷溜走，老公提議他去找找老黑。俐芳擔心他不可靠。我們遂想如要保全性命，只好去求警察，給間牢房也好，做不成觀光客反要客串階下囚了。

老公站起身來準備去警察局，迎面與老黑碰個正著。他拿著兩把鑰匙，神秘的對我們笑著。啊！這不正是我們住了兩夜的房門的鑰匙？原來他混進帳房，在我們住宿的登記卡上偷加了一夜，再設法偷出鑰匙。由於帳是預付，次日只要還鑰匙即可。我們欣喜若狂，不住的向他道謝，問他要地址電話，好日後報恩。他要我們先把行李放回房去，好好休息，他下班後再來看我們。

我們安頓好行李，便跑到附近餐廳吃飯，一頓飽餐下來個個精神抖擻。清點一下餘錢，只夠贖車子了，下一頓飯將沒有著落；可惡的車房，要多付一天廿四元的租金，真叫人心痛。

俐芳在她的手提包中猛掏，希望能找出幾文錢，卻無意間掏出張字條來，她嫣然一笑道：「有救了。」

但隨即又毫無把握的解釋，她在歌城教會中，曾與一位吳元晃老伯有一面之緣。因俐芳會唱平劇，吳伯伯又是戲迷，所以一見投緣，互留地址。並囑俐芳有機會到紐約時與他聯絡。但吳伯伯因生意之故，四海為家，在紐約的日子並不多。她試著撥電話過去，正是吳伯伯接的，說來真好運，吳伯伯前幾日才自加拿大回紐約來。他起初雖並不記得俐芳，卻熱心的願意幫忙。見到吳伯伯，俐芳敘述了遭遇，吳伯伯好生同情，立刻借了五十元給我們，還請我們吃晚餐。他直說與俐芳有緣，幫點小忙不必掛心。

託俐芳之福，我們的紐約之行總算圓滿愉快，又與吳伯伯交了好朋友。臨別紐約前，我們試著想找老黑致謝，問了其他的安全官，才知道他那日正好休假。

經過這兩次教訓，凡事我再不敢大意，須知好運並不是永遠跟著我。自己更該作個樂善好施之人，以報答我曾經蒙受之恩惠。我對老黑們也不再以偏概全，曾經有那麼一位黑人幫我們度過危難，黑人並非天生就是惡魔的。

《台灣新生報》中華民國七十五年四月十二日

又見燕子

芳蘭山算是離台北市中心最近的一座山了，雖然這只是座毫無特殊之處的小丘，只因為它到底是座山，便激起了我到山下散步之心。山邊綠樹成蔭，空氣比咫尺外的公館要新鮮多了。一泓清泉自山上流下，不但清澈見底，觸手更覺冰涼。誰又能想到離此僅數十步之遙的一條水溝卻流著髒臭的污水。水若有知，當也有恨，恨這製造髒亂與垃圾的塵世。

麻雀們悠哉的在樹梢上飛來躍去，飛鳥愛山林，它們是適得其所了。忽然一隻鳥兒自旁掠過，在前面不遠處，打了個迴旋，又飛了回來。它不是麻雀，一身黑亮的羽毛，白色的腹部，還有那似剪的尾巴，竟是隻久違了的燕子。

我第一次覺得，燕子的飛翔是這般的輕盈，好似一架小小的滑翔機，忽高忽低的翱翔在綠樹林間。難怪國畫裡常喜歡以雙燕穿柳入畫，原來燕子不像其他的小鳥一般，或而展翅飛上枝頭；或而振翼投入林中，便一去不返。而燕子，卻是一圈又一圈的在樹裡林間穿梭來穿梭去。本以為它是隻失群孤燕在那兒徘徊，誰知走了幾步，才發現，不遠處竟有多隻燕子在那兒盤旋。前幾日在友人處看到畫冊裡的乳燕迎春，她還說，台北市早已沒有燕子了。如今我真要責怪她的粗心了。

算來，我已有十個年頭沒有看到燕子了。十年來在異國漂泊顛沛。時常懷念故國家園。尤其對那段無憂無慮的童年歲月，更為緬懷。幼年時住在基隆附近的鄉下，古老的屋簷下，常見燕子築巢其間。我就讀的那所由日據時代的醫院改建而成的國民小學，更由於年代久遠，處處可見燕子結巢於樑上。每天清晨，到學校早自習時，便可看到對面廊下的燕子在那鑽進鑽出。有時碰上狂風驟雨，看到燕子們急急的往窩裡鑽，也幻想著燕子一家大小在那擁被取暖的情景。黃昏時，操場上滿是翱翔盤旋的燕子，看到它們那般的逍遙自在。我也常希望自己能像燕子一樣，飛上雲霄，徜徉於青天白日間。

記不清是在那一個年級的自然課裡，學到了候鳥。知道燕子秋去春來，隨著季節的變換而遷移。每當西風吹起時，操場上就看不到盤旋的燕子了，只有燕巢依舊掛在樑上。避寒而去的燕子不知飛往何處。但望它們一路平安，明年春天再回到操場上來。讓那呢喃燕語常伴著莘莘學子。也讓那翩翩燕影常繞在孩子們的身旁。

燕子來時新社，黎花落後清明。

鄉下的春天，是多采多姿的；田裡一片新綠，農家戶戶又在為插秧而忙。滿山遍野，知名與不知名的花兒，競相開著。在這山潤水清的季節裡，燕子翩然而歸。雖然燕子歸時，已到了暮春時分，卻止是百草千花春光止好之時。燕子輕盈的身影矯捷的穿梭在花樹間，更給春天增添了幾分熱鬧。

飛燕幾番去來，送走了數度寒暑，也送走了我的童年。

那不知世事艱難的中學時代，卻是個為賦新詞強說愁的時候。看到了燕子就不免吟起：「無可奈何花落去，似曾相識燕歸來。」好像世間盡多無可奈何之事，稍不如意，便在那長吁短嘆。只有似曾相識的燕子，年年不忘歸來。

高中畢業後，因為父親工作的關係，舉家遷到台北市。繁華的忠孝東路，只見高樓插天，車如流水。再也見不到綠油油的稻田，青葱葱的林園。自然也見不到燕子的蹤跡。每逢假日，我都會回到鄉下，偕著兒時的玩伴，尋覓往日的遊蹤。可惜老屋易主，不知自己的房裡住的是什麼人。幾次從舊居門前經過，竟也提不起勇氣進去拜訪新的主人。倒是屋前的花樹依舊，燕子也仍然來去在屋舍之間。那時真不免興起：「舊時王謝堂前燕，飛入尋常百姓家。」之嘆。雖然我家比不得昔日王謝的深宅大院，然而人世的滄桑，世事的變遷，卻讓人勾起同樣的感傷。

北美洲的春天並不如寶島溫暖；尤其在俄州讀書時，到了四、五月間，仍然是春寒料峭，寒風逼人。而夏天又特別短，往往寒衣尚未收起，似乎秋風又起，吹得人直打哆嗦。儘管那兒的鳥兒多，斑鳩鳥時常在小徑上覓食，紅色的主教鳥常棲息在窗前的大樹上；每天，天還未亮，知更鳥便在那殷勤叫更，硬要驚破我這遊子的清夢，而思念中的燕子，卻從來未在眼前飛過。今年歸來探親，發現台北市更加的繁華了，成群的車輛在馬路上呼嘯而過，捲起漫天灰塵，放出黑煙廢汽。污染的空氣把蒼天也染黃了，縱然是晴空萬里的日子，也再看不到湛藍的天空了。燕子、當不會飛翔在烏煙瘴氣中吧！

逝去的童年，失去的藍天。使我更懷念家居鄉下的日子。也急切想回去探望老友，再到母校走走，看看簷下的燕巢，也看看田園的風光。誰知老友們也大多遷居他去，又聽說小學早已重新改建。而中學前的那片稻田也變成了調車場，再也看不到麥浪翻風，春耕秋收的景象了，沒想到繁華的代價，是這麼大，將往日的寧靜與清趣破壞無遺。

我細看飛掠在眼前的燕子，才發現燕子要比我記憶中美麗得多。它的頭部並不是黑色而是寶藍色，艷陽下還泛著一層烏藍藍的光澤。頸間有著美麗的橘紅色。黑色的尾部夾雜著白色的羽毛。若在北美洲，它將是隻稀有而珍貴的鳥兒呢！

難得芳蘭山下，還有片清靜之地，但願青山常在，燕子年年歸來。更希望繁華的足跡，不要再破壞我們清幽的環境。

民國七十五年七月十三日《中華日報》副刊

淇洛伊的大蒜節

初到加州時，因人地生疏，一到週末，不但找不到個朋友去串門子，也不知有什麼地方好去尋幽探勝。待在家中，夫妻倆常覺得百無聊賴，不知如何打發。

一個星期五，先生下班回來，興高采烈的告訴我，這個週末，五十英哩外的小城——淇洛伊，正舉辦大蒜節慶典，有各式各樣以大蒜製成的食物，和許多民俗藝品展覽，聽說非常熱鬧好玩。先生體貼的告訴我，打算帶我去淇洛伊參觀大蒜節，度一個愉快的週末。

次日清晨，我們都起了個大早，將自己稍加修飾，一副精神抖擻，意氣飛揚的準備趕往淇洛伊湊熱鬧。

開著新買的別克汽車，奔馳在高速公路上時，先生更覺志得意滿。做了多年的窮學生，如今總算不必為考試開夜車，為報告絞盡腦汁，還買得起一部滿意的車子，在週末帶老婆郊遊。想起此時的快樂，倒也不負十幾年寒窗之苦。

出了南聖荷西的環城公路，兩旁景物，愈來愈荒涼。公路左邊傍著一座黃土山，山崗上黃岩突兀，寸草不生。這山連綿不斷，直入天際。往前望去，右邊是一片荒漠，枯樹衰草跟沙漠沒兩樣。回看繁華的聖荷西，直沒想到咫尺之外，便成了塞外大漠！

北加州原本涼爽，尤其到了九月，更是已涼天氣未寒時，隨時都得加個薄外套。然而，愈往南開愈覺得熱；我們脫下外衣，開了車上的冷氣，才擋住外面的驕陽烈日。

到了淇洛伊，在高速公路的出口，迎面便看到幾大串大蒜懸在那兒。道旁插著一面旗子，旗子上寫著：「Welcome to Gilroy for garlic festival」。上面並畫了一顆蒜頭，這顆大蒜頭足有好幾個人頭加起來那麼大。上面畫著眉毛，眼睛，翹翹的鼻頭，咧著大嘴笑，似在歡迎遠道而來參加節慶的遊客們。我看到這顆快樂的大蒜寶寶，心情也跟著雀躍起來，迫不急待的想趕到目的地。

進到城裡，沿途都是大蒜節的廣告。海報、旗幟，四處飄颺，把小城妝扮得美輪美奐。街道兩旁商店的落地窗上，都畫了一顆顆的大蒜寶寶，每個寶寶的表情都不一樣，喜怒哀樂各不相同，有些還將大蒜裝上手腳，做出各種動作，煞是有趣。雖然還未到達大蒜節舉辦的地點，卻已被這節慶的氣氛鼓舞得興奮不已。

我們順著路上的指標，左彎右轉，不多時便出了城，街道兩旁已不見商店住家，一望無際的菜圃，碧綠綠的種著許多不知名的菜蔬。直走到柏油路的盡頭，仍不見目的地在何方。然而前途已是黃土小徑，大蒜節的指標，卻依然往前方指著。看看荒無人煙的綠野，真懷疑自己走錯了路。我不禁懷疑我們是不是弄錯了，根本沒有什麼展覽與園遊會，剛才城裡的裝飾是否就是這慶典的慶祝方式呢？

儘管心中懷疑，我們還是順著指標往前走。穿過一片核桃林，轉過一座小山坡，忽見前面車水馬龍，雖仍舊是菜圃樹林卻不覺得荒涼了。我們跟著前面的車隊走走停停，遠處又出現了一大片樹林，車隊更停滯不前。回頭一看，我們的後面已是聚集了大隊人馬。趕熱鬧的人還真不少！我往前仔細看去，發現樹林前面有好大一片黃土地，似乎是一所臨時停車場，車子正一輛一輛的開入，找尋停車的位置。好不容易我們也將車子開入停車場，覓妥位置停車。下得車來，只見一輛輛車子來來去去，掀起了漫天黃塵，我們乳白色的新車早已披上了一身黃沙。然而，此地除了這漠漠黃雲籠罩著四野外，前面一片寂寂樹林，看不出那兒在舉辦園遊會，無奈只好順著下車的人群走。將到停車場的盡頭，見大夥都不走了，前面排成兩條長龍，詢問旁邊的人，才知會場離此尚遠，有專車負責接送。

我們只好跟著大夥排隊，不久，果然有專車開來。然而這隊伍真是空前的長，比在迪斯奈樂園排隊上太空山的人還多。太陽愈來愈炙人，火辣辣的令人難受。我開始不耐煩，興致便減了大半。尤其這簡陋的停車場，真讓人倒盡胃口。看來這山野之中，定沒什麼可觀之處。一面抱怨著，隊伍依然移動得很慢，不知等了多久，我們終於擠上了專車。由於我們稍微斯文了點，沒有搶到座位，只好回味一下往日做學生時，擠公車的滋味。

巴士穿過一層密林，赫然又出現了柏油路；兩旁植著綠葱葱的樹木，樹蔭遮住了烈日予人絲絲涼意，煥煩的心境也隨之開朗。巴士在公園門口停下，公園前面熱鬧非凡，五彩的氣球迎風飄盪，氣球下一波波的人潮進進出出；兩旁更開滿了各色繁花，點綴著這熱鬧的場面。

我們買了門票，隨著人潮湧進公園，只見園內到處擺設各式攤位。每個攤位都以大蒜作裝飾，或以大蒜紮成一串串圍在攤位前；或畫幾個大蒜寶寶張掛在攤位上，還有雕塑成大蒜樣子的藝術品掛在攤子的正中央；真虧得老美想像力豐富，一顆小小的大蒜，竟能變化出多種花樣。

攤位好多，放眼望去，前後左右，遠遠近近盡是攤位，不但很有得逛，也更有得破費了。許多賣吃食的攤位，都飄著一股大蒜香味，吸引著人們前去買他一盤大蒜炒麵，或一截大蒜麵包。其他賣手工藝品、古董的攤位，也都五花八門，擺滿了許多希奇古怪的玩意，還兼賣衣服、日用品，讓人們懷疑他們是否也乘機牟利？

園遊會裡的東西，樣樣都不便宜，本來很想買個小擺設回去作紀念，左看右選的，終於買不下手。倒是被那些食物香味吸引得垂涎三尺，一路上吃了不少東西。大蒜實在是一種神奇的調味品，任何食物加上了它，都格外開胃。一盤大蒜烤洋菇吃得我們回味無窮。回家後，我曾試著以牛油、大蒜粉、加上洋菇，另加點食鹽及半碗水在長柄鍋中以小火燉，作出來的味道，似乎與那天吃的大蒜洋菇相去不遠。至此才明瞭為何老美喜以牛油燉蔬菜，它原是一種很好的佐料呢！

老美的確會耍噱頭，在甜圈圈上也能抹上大蒜，我好奇的擠上前去買了兩個。香甜的圈圈餅摻入大蒜，甜中另有些辣辣的感覺，吃來別有風味。正走著，卻見前面排了一大串人在那不知道搶購什麼？原來有一攤位在贈送大蒜冰淇淋。也許是好奇心的驅使，也可能為了貪小便宜，我拉著先生忙去排隊。好不容易領到一小杯冰淇淋，卻只是一個普通的霜淇淋，摻了些大蒜粉罷了，味道遠不如大蒜圈圈餅。

一路上吃得我的胃已消受不了，荷包裡的銀子也所剩無幾。而頭頂上的艷陽更曬得人香汗淋淋，大妻倆只得再隨著人潮擠出公園，去等那將送我們回黃土停車場的專車。

回程的巴士上，大夥都一臉倦容。但鄰座有位健談的老美，卻主動與我們搭訕。他告訴我們，淇洛伊是加州最主要及最大的大蒜產地，農民在每年秋收之後，都會舉辦大蒜節以慶祝豐收。隨著時代的轉變，慶祝儀式也隨著改變，由純粹的慶祝，轉而帶上了商業氣息；見不到村姑們戴著鮮花跳土風舞，也沒有農民狂歡的場面。代之而起的，是各式營利的攤位，想出各種花招，好把遊客的錢從荷包裡高高興興的撈出來。不過，我們在吃飽逛累之餘，仍多少沾滿了節慶的喜氣。

回到我們的乳白色車旁，夫妻倆不約而同的說：「回到聖荷西，得先找個洗車站，把車子好好的洗乾淨。」

民國七十六年五月十三日《世界日報》副刊

春日小品

鳥語

住屋附近，花樹頗多，入春以後，每日飛鳥成群，處處可聞鳥語之聲。

黃鸝鳥的鳴囀，知更鳥的高歌，模仿鳥（Mockingbird）的低迴，為春天交織出美麗的旋律，也譜出了愉快的春之舞曲。

據說鳥類自有牠們的語言可以互相溝通，除了方便禦敵、覓食以外，更為了求偶。春天是鳥兒們求偶的季節，所以每隻鳥兒都盡其所長的引吭高歌。只要有樹的地方，就可聽到此起彼落的鳥聲。

鳥類的歌喉，各有其天賦。小麻雀的嘰喳，烏鴉的聒噪，雖然並不悅耳，但配合著其他歌喉美妙的鳴禽類，也能和成動聽的四重唱。每日清晨，我都有「春眠不覺曉，處處聞啼鳥」的感覺，而黃昏時，倦鳥歸巢，一抹斜陽下，彩羽翩翩，繞著道旁的綠樹、花叢，此時聽那鶯聲雀語，更有杜工部句「弦管啁啾空翠來」的意境。

鄰居凱西告訴我，她最討厭模仿鳥，這鳥兒聲音低而宏亮，又特別愛啼叫，似乎存心要為春天製造噪音。但是，話又說回來，牠實在是種漂亮的鳥兒，有著黑白相間的長尾巴，灰色的背部，白色的腹部，深灰色的翅膀的上半部還嵌著一大塊白。當牠展翼飛翔在藍天之下，灰毛白羽，長尾翩然，實在美麗極了。但她寧可喜歡那些體型又小，羽毛黯淡，卻有著婉轉歌喉的小山雀。

聽完了凱西的高論，我不由陷入沉思中。鳥類如此，人類不也一樣嗎？各人的天賦才能也自不同，然而「天生我材必有用」，只要能各展所長，那麼賢愚優劣，似乎也並不重要了。

其實模仿鳥除了美麗之外，牠更有模仿的天賦；牠會學雞鳴狗叫，還會裝瓶子的爆破聲，鋸子的鋸木聲。如此多才，只因過於囂張，而引人討厭。真空負了上蒼給牠的才能。倒不如一隻小小的雲雀，謙虛的躲在濃蔭裡，悄悄的為人們唱著幽美的曲調。

蒲公英

初生的蒲公英，有著鋸齒狀的嫩葉，翠綠、嬌柔。當它開出黃色，有如菊花的花朵時，點綴在草坪之中，好似在綠色的絨毯上，繡上了朵小菊花。一片碧綠襯著黃花，真有相得益彰的美感。

過了幾天黃花謝了，花莖忽然竄起好高，高過了四周的綠草，上端扛著一球白絮。不久白絮隨風飄散，剩下一稈紫褐色的花莖，頂著一個光禿禿的花托。蒲公英繁殖的快速真令人意想不到。原本不過只見到幾朵黃花，不數日，卻見草坪上到處都是它的花稈，豎立斜插的長滿了一草坪，頓令人有雜草叢生之感，異常的礙眼。等動了除它之念，才發現為時晚矣！草坪上竟到處都是它的莖葉！

至此才知，老美為什麼這麼痛恨蒲公英，它危害草坪的後遺症，的確不堪收拾。當黃花落盡，葉子早已又肥又大，拱著那根禿莖，一叢叢的雜生在原本一碧如洗的草坪間，好好的一座院子就變成了一副荒煙蔓草之狀了。誰會想到，不過貪它一時的燦爛，卻要花上好幾倍的精力去處理善後呢！

於此，我憶起了作家劉安諾寫的「蒲公英之役」，果然不是危言聳聽。若花有小人與君子之分，蒲公英無疑是花中小人了，它的種子落地生根，無孔不入，不但生命力強，更能開出美麗的花朵；但耀眼過後，竟是如此的不堪！

想人生也自榮枯有數，富貴本如草頭之霜。若因鑽營得法，一時蒙蔽了眾人，而當富貴有如浮雲般散去之後，留下的恐怕不只是滿腔的惆悵了。

民國七十六年六月十一日《世界日報》副刊

蒂娃娜之遊

對於墨西哥，我向來有很濃厚的興趣，奇怪他們的人民為什麼那麼窮，總是大批大批的往美國偷渡。也不懂，那兒的皮貨為什麼特別便宜，不論誰從墨西哥回來，總會帶幾個皮包，買幾條皮帶。

友善的阿米哥們，在美國境內辛勤的工作著。他們往往拿最少的工資，作最勞苦的工作。像中餐館的洗碗童，汽車旅館的清潔工。任何粗重的工作，若想要省幾文，如砍樹、搬家、清掃。似乎常聽人說：「請阿米哥啊！比較便宜嘛！」勞苦的阿米哥，那麼辛勤，那麼卑賤，難道他們國內，真的民不聊生嗎？

關口的蓮花落

在聖地牙哥海關大樓前的停車場，停妥車子，外子抱著女兒，一家三口搖搖擺擺的往墨西哥邊界走去。海關口只有一個警察站崗，看到自美國來的觀光客，問也沒問，就放我們過去。早聽說，墨國歡迎所有的觀光客，只要有人來，邊界是不必簽證的，真是來者不拒。進關的人真不少，我們前前後後都是人，擠得如蝸牛爬步，好不容易鑽出海關，總算寬敞多了。忽聽陣陣歌聲傳來，遙見不遠處一位小女孩，拿著兩截木棍，一面敲，一面唱。我不懂西班牙語，不知她唱的什麼。然而曲調音律頗像我國叫化子唱的蓮花落。尤其兩段木棍，敲得有板有眼，和著淒涼的歌聲，這不是蓮花落，又是什麼。小女孩旁邊站著個更小的女孩，頂多四、五歲。手上拿個紙杯，小腦袋垂得好低。正在等善心人士施捨。我走過去，丟入五角美金。小女孩，既不說謝，頭也不抬的趕忙自杯中取出錢幣，塞入口袋中。唱蓮花落的女孩唱得更大聲也更賣力了。抑、揚、頓、挫、高、低、急、徐。真不知她小小年紀，怎能夠把首討飯歌唱得這般好聽。我更奇怪：她們的父母，難道日子真過不下去嗎？竟讓稚齡幼童出來要錢！

殘破的公車

離了海關，想找開往城市中的巴士站，人生地不熟，真不知往哪兒去找。問身旁擦肩而過的老美，他們把肩一聳，手一攤，我知道我是白問了。迎面看到一排計程車停在那，計程車司機爭相前來兜攬生意：「DOWN TOWN二元」。我們一聽這麼便宜，反正找不到巴士站，坐計程車豈不更舒服。車子轉過海關前的停車場，趨向高速公路。我看到好幾輛公車，自計程車身旁馳過。我們驚異的發現所有的公共汽車都老舊不堪。幾乎每輛車的油漆皆有剝落之處，車窗的玻璃也常見破裂，上面貼著塑膠布。更奇的是有輛公車沒有前門，我仔細看去，門板接縫處的螺母螺帽仍可見，真的是門板不見了？又一輛公車緩慢的馳過，車窗幾乎都破光了，車身油漆斑駁，左一塊灰，右一塊花的，整個車身好似乞丐穿的百衲衣。公車的馬達聲「崆隆」作響，好似隨時都會拋錨似的。我忍不住對先生說：「從小到大，還沒見到這般破舊的公車。」

「由此可見墨西哥的窮。」先生回答。

遙見公車裡的乘客猶似沙丁魚般的擠在那，我真慶幸自己選擇了計程車。想起美國城裏的冷氣巴士，又新，又空，真有天壤之別。

琳琅的街景

下了計程車，入目的便是街道兩旁的商店，店裏五花八門的貨色，琳琅滿目的讓人看得眼花撩亂，倒有些像台北中華商場的味道。只不過街道比中華路窄也比較髒。街上車輛擁擠，大車、小車都很破舊。比起洛杉磯街頭滿是賓士、ＢＭＷ的情況真是天差地別。偶見一嶄新巴士，竟是自美國來的灰狗遊覽車。

除了商店，攤販也隨處都是。他們的攤販，大概沒有管制，推著滿街亂走。烤肉、烤脆餅的香氣四溢，真讓人垂涎三尺。若非朋友們諄諄告誡，說墨西哥的東西千萬不能吃，因為他們的東西多半不潔，吃後很容易上吐下瀉。幾乎所有來過的人都這麼言之鑿鑿，我們只好強忍下肚中的饞蟲。

老墨賺錢的花樣很多，有人駕著斑馬拖的馬車，供人照相。黑白相間的斑馬拖著裝潢得五顏六色的馬車，煞是好看。還有人出租墨西哥的服裝，供人穿戴拍照。沿街叫賣的小販，你來我往。小販們肩上扛著各色貨物。手工藝品、人造花、毛氈，掛得一身比棵耶誕樹還奪目繽紛。我恍惚到了廟會之中，見著那熱鬧非凡的趕集場面。

廉價的皮貨

各色皮貨佔了每家商店的絕大部分。皮貨的樣式多半比較粗獷具鄉土氣息。有些以碎皮拼成的五顏六色之皮包很有西部女郎那種花俏的特質。看看價錢，只要美金六、七元。實在便宜得很。

也有樣式、色澤堪稱時髦大方的皮包，除了手工較粗以外，乍看上去卻也不輸名牌。問起價錢，竟都要三、四十元美金，真是漫天開價。當我猶疑不決時，他們立刻降價，等我決定不買時，他們立刻追將出來，當場打個對折，我乾脆就地亂還價，他們也願意拋售。逛了幾家，我已買了三隻皮包，正好回洛杉磯時，送送朋友。

除了皮包，皮衣、皮帶、皮鞋等各類皮貨，應有盡有。只是你非要有耐心跟他們去磨價錢不可。否則買回一大堆粗糙的貨色，也未必值得。

貧窮的百姓

街道上的行人很多。白人、黑人，更不乏東方面孔。看來多半是觀光客。

走了沒幾步，我們看到一位衣衫襤褸的中年婦人，懷中抱著一個小娃娃縮在角落裏，面前放著一個紙杯。我看著實在於心不忍。她也是為人之母，不能在家安心作主婦，抱著幾個月大的嬰兒出來拋頭露面，受風霜之苦。更可憐那小娃娃，來到人世還沒多少時日，不能受父母撫愛，在搖籃中安睡，而跟著母親出來乞討。我忙丟下兩枚硬幣。轉身便想離去，迎面又碰到一小女孩來兜售人造花。我不想買花，憐她年紀幼小，也給了她五角錢。沒想到，一下子跑出一羣小孩來跟我要錢。外子不覺有些反感了。拉著我趕緊離去。沒走多遠，又見一婦人抱著小嬰孩在路邊乞討。這回婦人的衣服更破舊，孩子也更小。我不覺迷惘了。若每位乞婦，我都去同情一番，這蒂娃娜城裏逛一圈下來，大概我的心也該痛死了。無論如何，我仍忍不住的唉聲嘆氣，是怨他們太窮，也嘆自已無能為力去布施。

後來我們找了一家看似很豪華的餐廳吃晚餐。路邊攤不敢吃，高級餐廳裏總沒問題吧！侍應生的態度謙和，服務堪稱一流。唯一令人吃驚的是廁所裏竟坐了一個老婆婆在那討錢。

歸程與後記

吃完晚餐出來，天色已黑。滿街的觀光客已不知去向，而街頭路旁站的多是墨西哥人，看他們一副鬼頭鬼腦的好似隨時都會露出猙獰的面目上來打劫。我跟外子都不寒而慄，深悔沒有在天黑前離開蒂娃娜。幸好才過了街就看到一排計程車。這回是「邊界四元」。比白天貴了一倍，但逃命要緊，我們也不計較了。

回到聖地牙哥，進關時，美國海關盤查很嚴，生怕我們是偷渡的。出了海關回看蒂娃娜正萬家燈火，夜景燦爛。而這一邊卻一片黑暗，聖地牙哥的人們似乎想遠避蒂娃娜；邊界上荒涼得很，高高的鐵絲網隔開了貧富懸殊的兩國，美國警車不時的在鐵絲網下巡邏，任它銅牆鐵壁似乎仍擋不住蒂娃娜人往這邊靠的決心。

當晚我與女兒都上吐下瀉，我尤其吐得兇，在洛杉機的妹妹家，躺了幾天下不了床。只有外子竟沒有反應，真不知是我的胃太敏感，還是他的胃太麻木。難免讓人忍不住的感嘆，墨西哥的食物連在高級餐館中都靠不住，他們的衛生情況真讓人不敢恭維。

民國七十八年十二月二十日《中華日報》副刊

大漠行

以前雖然去過大峽谷，但坐的是旅行巴士。而今自己驅車前往阿里桑納州的大荒漠，卻是頭一遭。自聖荷西出發時，滿懷的新奇與興奮，似乎已掩蓋了搬家的離愁別緒。

過了洛杉磯，出了棕櫚泉，眼看便快到加州與阿州的邊界了，我們不由十分興奮。這兩州以一河為界，有名的科羅拉多河。這條河自洛磯山上發源，貫穿科羅拉多州，一路向西南而來，滔滔河水衝出了世界第一大地塹——大峽谷。它隔開了美麗的加州與壯闊的阿里桑納州，浩浩蕩蕩地流入墨西哥灣。當年遊大峽谷時，曾以望遠鏡遙望科羅拉多河，只見一河如帶，碧綠的河水，靜謐無波。與傳說中的大峽谷之底激流湍急、驚濤拍岸的情景，實在難以窺其真貌。也由此可見大峽谷的闊與深。如今，得能親臨河畔，真該好好的瞻觀一番。

每提起科羅拉多河，我便會想起多年前，在台灣看過的瑪麗蓮夢露所主演的「大江東去」，聽說就是以這條河為背景。只可惜半個地球之外的北美洲，並沒有往東流的江水。這科羅拉多河，便是往西南而去，是否該吟著：「河水向西流，它一去不回頭。」

我與外子都一直幻想著，科羅拉多河，當是像長江，黃河，或黑龍江，有著汩汩江流，洶湧澎湃的雄偉。或密林絕谷，暗濤驚浪的神秘。想當年艱苦的西部拓荒者，他們千辛萬苦，篳路藍褸，終於開創了美國西部這一片富庶的天地。像「大江東去」中的男女主角乘著木筏衝浪而去。「河」在人類文明史上，一向扮演著極重要的角色。科羅拉多逝去的河水，曾流過多少英雄血淚和傷心往事呢？

到了兩州交界處，遠遠看到一個聳立在道旁的大路牌寫著「Welcome to Arizona」。再見了加州，我徒然升起一絲傷懷，是捨不得舊日的好友，還有那兒的四季如春。別了加州，只盼他日有緣，還能再搬回去。車過分界牌，我們才驚覺，怎未見到那分界大河呢？倒轉車頭，開到分界牌前，果然看到一條大河！我們之所以錯過，實在因它比我幼時抓蝦玩水的基隆河還不起眼。路人告訴我們如今是盛夏，河乾水淺，自然不好看。到春來融雪時，它依然壯觀得很。我細觀河面，的確很寬廣，只因水淺，到處雜草淺灘，再加上寬大的高速公路，橫過河面，並未架上一座特殊的橋，自然才不經意的便急駛而過。我不由嘆道，江山易改，歲月難留，千古風流早已過，現在誰還會在河上行舟划船呢？

車輪轉動，總算駛入了阿里桑納州。放眼望去，一望無際的荒漠，不由使人想起長城以北的塞外景觀，該是同樣的淒涼吧！出了加州，便彷彿出了雁門關，悠悠車輪轉、滾滾黃沙揚。寂寞的十號公路上只有我們一輛車子，真是前不見人煙，後不見來車。公路兩旁，盡是些寸草不生的黃土山，對我這個看慣了台灣煙霧縹緲之青山的人，真覺看來礙眼。轉眼進入阿州已一個鐘頭了，幾十英里的車程，竟看不到一戶人家。令人不免感念天地之悠悠，再想起北加州的青山綠水，聖荷西溫暖的家，怎不叫人淒淒然而淚下。

我不禁要問，這一回移居阿州之舉，是否值得呢？人在異國，能住在像聖荷西那樣，隨處可見到中國人，吃到中國菜，聽到中國話的地方，實在該滿意了。偏偏人就是不知足，會嫌聖荷西房價太高，交通擁擠，工作壓力大等等。外子從來就說他愛流浪，趁著還年輕，要多走些地方。所以當我們決定接受「ＢＢ」公司的聘請，轉到阿州土桑市工作時，親友們幾乎並不驚訝。只當外子有志者事竟成，真的收拾行囊，流浪去了。

雖然阿州西部，離開洛磯山脈已經很遠了，但一路上仍舊要翻山越嶺。數不清過了多少個山頭。看看地圖，這些山原來都有名字，什麼凍頂石頭山、鷹尾山、大喇叭山等等。我不由暗笑，山名倒取得奇巧，偏偏山上盡是黃土突石，連根草也不生。更別想有什麼翠谷飛瀑，曲水幽林的美景。沙漠風光，單調無味！繼而一想，若處處都是雲海神木，阿里山怎出得了五奇。於是便細細觀賞一路倒退的群山怪嶺，有的單峰屹立，有的峰峰相連。胖圓的山峰像饅頭，瘦圓峭立的像人頭。還有許多筆直的山壁，山頂無峰，平平的，像是一堵大土牆。只不知土牆頂上，是怎樣一般的天地？車又開上了一個山坡，俯看山下，多少石峰羅列，土山縱橫，形成了好幾個峽谷。又翻過了一座山，眼前竟是一大片谷地，遠處屋舍儼然，綠樹扶疏，竟有了人煙。噢！鳳凰城不遠了。我夫婦倆不禁雀躍起來，今晚本來就計劃夜宿鳳凰城的，真該好好休息一番，洗去一身風塵。

鳳凰城的熱，早已是遠近馳名。八月中旬，正是暑熱難擋之時。進城時，黃昏已過，萬家燈火正明，卻仍然燠熱不堪；住進旅館，躲在冷氣間裡，連吃飯都懶得去了，怕只怕那門一開，撲面的暑氣，又熱得人發昏。

到了晚上十點多，一家人到旅館的游泳池去游泳。誰知氣溫仍在華氏一百度以上，游泳池水也洗不去一身的燥熱。

次日醒來，又已是烈陽當空，一波波的熱浪向人襲來。聽說土桑市的氣候比鳳凰城涼爽得多，但求蒼天保佑，願傳聞不虛才好。否則如此酷熱的天氣，怎好安居樂業呢？

土桑市離鳳凰城只有百哩之遙。公司幫我們訂的公寓又在城北，算來這一路往南開去，大約不到兩小時，便可到達目的地。令我們不安的是到達目的地後，是旅程的結束，還是新旅程的開始？僅在飛來面談時逗留了三天的土桑市，對我們來說依然陌生。這趟搬家雖有搬家公司打包代勞，旅途中又可實報實銷，依然覺得辛苦。流浪的生活，到底不如想像中來得逍遙浪漫。

出了鳳凰城，是一大片的山谷平原，再也不必翻山越嶺。路上車輛往來，偶見房舍散落於曠野之上，景致已與昨日不同，依然相同的是沙漠與酷暑。道旁生長了各種熱帶植物、仙人掌、珊瑚形的矮樹叢。還有一種好似柳樹，向下垂的細長綠枝上也有著細小葉片。沙漠中的植物，為了保存水份，葉片不是十分細小便是針狀的。如此的酷熱，植物仍然是綠色，造物者的仁慈，真可謂德被蒼生了。

被炙熱的太陽蒸乾了的土地，隨著薰風，飛起一片風塵，染灰了沙漠中的行車與住屋。炎熱的烈日，灼得大地都失去了生氣，人也變得昏昏然。我突然看到不遠處颳起一陣旋風，捲起一束黃沙，飛掠打轉而去。遠遠看去好像一縷黃煙，直上天際。不一會兒風停煙散，又恢復了原先的死寂。豈知那束煙才散掉，又見一團黃沙斜裡橫衝過來，掃過高速公路，撲向道旁的荒野。我忽然想起，來面談時，那位「Relocation Agent」曾向我們提及的「魔鬼小旋風」，原來是這樣的光景。這忽起忽散的煙沙，真不愧是大漠之上的一項奇觀。

遠處有兩座比鄰而立的山。一座巨大的荒山上但見山巒起伏，那時已過正午，偏西的太陽照得山壁一片殷紅。山上無草無樹，也不見怪岩突石，好像高雄的月世界，更像國畫裡的披麻皺，山凹裡與峰頂上偶見些黑點陰影，正像著國畫裡的胡椒點或介字點。旁邊的那座獨立怪峰，卻十分峻峭。宛若一隻大恐龍，聳立在大漠上，龍頭昂然，龍尾盤旋，連龍背上的巨齒都清楚可見。我不禁要嘆造物者的神奇，天下各地，各有它獨特的風貌啊！

車自兩山中經過，土桑市已經在望。近觀山坡，才知那些胡椒點原是那種叫傻瓜若「SAGUARO」的巨形仙人掌。一隻長尾鵲在仙人掌中跳躍，幾隻鵪鶉呱呱飛過。「好美麗的鳥兒，是誰說此地鳥不生蛋的，還想念聖荷西嗎？」外子問。唉！車行至此，早已是懸崖勒馬遲，還能後悔嗎？

民國七十八年六月一日《世界日報》家園版

沙漠博物園

初到土桑，住在假日旅館，櫃檯服務員極力向我推薦「沙漠博物園」。我對Dessert Museum兩字，實在生不出好感，心想「Dessert Museum」一定是棟龐大的建築物，頂多就是在櫥窗內陳列些沙漠的景觀罷了。所以，壓根兒就沒有到那兒去旅遊的念頭。

後來和同事們混熟了，常聽他們大讚Dessert Museum，還說勝過聖地牙哥動物園。我真以為不是我耳朵出了毛病，就是他們土桑人夜郎自大。

是好奇心的驅使，也是因為假日無聊，我終於一訪聞名已久的Dessert Museum。當車子穿過土桑西邊的群山，翻過山頭，呈現在眼前的是一大片綠野，乍看會誤以為是沃野千里，竟有別於山那邊的黃土沙漠。但仔細一瞧，才知道此地依舊是沙漠。不知是否經過人工刻意栽培，整片平原上長滿了各種沙漠植物，有不同品種的仙人掌，那種像一個巨人高舉雙手仰天長嘯的薩娃若仙人掌，尤其占了絕大多數。沙漠中的綠色植物，除了仙人掌外，種類繁多，一種酷似鳳凰花的樹，開的花與鳳凰花相似，但同樣是羽狀複葉，到了沙漠中卻變得又細又小。另一種開黃花像柳樹的，柳條上的葉片更變得如針眼那點大。這些植物，在別處不過偶見一兩株，此地遍野皆是。這片綠把整塊平原染得格外柔美，格外靜謐，好一似良田千頃，一直綠到天邊的群山腳下。

進入Dessert Museum，才知我一向把這兩字誤會成沙漠博物館。其實，西方人對Museum的定義很廣，不侷限於室內展覽，像這座Museum，包羅萬象，實際上是一座大博物園。

沙漠博物園占地廣大，園裡以動物園為主，另有熱帶植物園區及地球科學館。

入園不久，即可看到地球科學館。此館是一天然鐘乳石洞，洞口造有一石室，櫥窗裡陳列著各種礦石、紅綠寶石、紫晶、瑪瑙、金、銀、銅等等，讓你一窺地殼裡的寶藏。石室中央的展覽台上有一轉動的地球。球面自昏黑色開始慢慢旋轉，一步步變化成地球的雛形，再進化成七大洲、三大洋的今日世界。在變化時，地球旁的幻燈片，一邊打出解說字幕，說明自四十億年前宇宙混沌未開以來，經過不停的旋轉，宇宙中漸漸有了日月星辰，地球上也漸漸有了生物造成今日的娑婆世界。

四十億年！多麼不可思議的漫漫歲月；而人生百年，在整個宇宙的輪轉中，不過一彈指。人，更渺如恆河之沙。地球旋轉結束便歸於黑暗。良久之後，它又自四十億年前再度旋轉，周而復始，似乎在訴說著地球的成、住、壞、空，宇宙的循環，人生的輪迴。如今，地球經過了四十億年的旋轉，在成、住、壞、空中，是否已走向壞再而空的階段呢？我無心研究它的奧祕，立即清除妄念，向前走入鐘乳石洞中。

洞中許多天然石筍，可憑自己應物像形的想像力去觀賞；是尊觀音，佛陀，或是天主之神像，或像隻坐著的猴子，臥著的獅子……。洞中尚有一小潭，地下水泉湧而出，清涼無比。有些鐘乳石仍在成長，礦泉水自洞頂一滴滴往下滴在那些活鐘乳石上。若干年後，這些鐘乳石將不知變化成怎樣的形狀？地球不停的運轉，多少事物也在地球的運轉中，不停的變化。當驀然回首時，常驚見物非人也非！點點滴滴落下的礦泉水，正如分秒流逝的光陰。聳立洞中的鐘乳石，也都是經過千萬個點滴歲月孕育而成。我不由想起易經上的「天行健，君子以自強不息」。歲月不饒人，人也留不住光陰，真當自強不息，善用每一寸光陰。

熱帶植物園搜羅了各種奇異的熱帶植物。仙人掌肥厚的漿莖一塊銜接一塊，疊成一株株枝幹縱橫的仙人掌叢；漿莖上結滿了一個個狀如鴨兒梨的果實。這種果實像梨的仙人掌叫prickly pear。西部未開發前，在沙漠中淘金的人，若不幸迷失，一株prickly pear將是他們救命的泉源。飽含水分的漿莖可供解渴，果實可用於果腹。如今，土桑市已是一新興工業城，沙漠中神秘的金礦始終沒有發現。prickly pear的果實卻被更廣泛地利用，除了生食，還可以做成果醬、水果糖等。

仙人掌花鮮豔美麗，花形小的似雛菊，大的如曇花。有一種Night Blooming Cereus（夜花仙人掌），更與曇花酷似，不同的是曇花的漿莖扁而寬，夜花仙人掌的漿莖則呈六角圓柱形而且多刺。另一種在白天開紅花，花朵比曇花還大的仙人掌花，更是美艷絕倫！

園中更有許多前所未見的古怪仙人掌，如長得一桿毛絨絨的刺活像金毛狗尾巴的Golden Torch。開粉紅色花朵，似一圓球的叫魚鉤仙人掌；圓球上，如魚鉤的針葉又因色澤形狀之不同而有金鉤、倒鉤之分。另有全身似長滿腫瘤的Totenpole Cactus，樣似綠竹卻有節無葉的蠟竹Candelilla。還有各種大如蓮座，小如月季的石蓮花。似蘆薈又似鐵樹，或狀如蘭草的熱帶植物，叢生狹長的綠葉中，常見一花莖衝霄而起，高高的花莖頂著一頭繁花，似乎要與日月爭輝，與藍天相映。置身在這熱帶園中，早忘卻了沙漠中平日的單調與寂寞，代之而起的是對大漠豪壯之美的嚮往。

小動物館中養了許多我平生僅見的沙漠小動物。沙漠中的飛蟲都比一般常見的大了許多，顏色更是古怪；除了棕色蚱蜢、紅色飛蟻、七彩蜥蜴、金色瓢蟲、黑色天牛外，最可愛的要算全身長著雪白絨毛如拇指般大的沙漠螞蟻。館中另有一條珍貴的變色龍，此龍是條會隨著季節變色的蛇。我們看時，牠是一身水紅嵌著桃色的龜殼花紋，十分嬌豔。從蛇窟上掛的牌子，可知牠還會變成橘紅、棕、紫等色。再往前走，見一鐵絲籠中種了兩棵樹，樹中掛著一根樹藤，纏在左邊樹上的藤尾較細，還無風兀自擺動。往右看去，樹幹後隱約有個三角形的東西在動，仔細看，赫然是個蛇頭。再看旁邊的說明，原來是條樹藤蛇。我不禁全身一顫，警告自己日後在熱帶林中，千萬不能抓樹藤學女泰山，須防那躲在樹後的劇毒蛇頭。

峭壁絕谷的動物山造得巧奪天工、匠心獨運。動物都養在谷中，人在懸崖上往下望，只見叢林清溪，動物在其中覓食。山壁山上又鑿有動物們的洞府，讓人有如親臨深山之感。谷中養有山獅、白尾鹿、墨西哥狼、灰狐、大角羊等。爬下動物山，迎面見到一大片玻璃，原來是山獅洞，不知哪位設計師的匠心，在山獅洞壁上嵌上玻璃，讓遊客能清楚看到獅子的起居。一隻山獅正仰面朝天呼呼大睡。一個小童在窗外指著獅子露出的腹部，邊吆喝著邊頑皮的大笑，真是獅落平陽被童欺。

山貓館的設計與動物山有異曲同工之妙。在上面可見到底下的山谷，若順著谷口拾級而下，可走入一石室中，室中有木椅可供休憩，另有圖片展示，說明山貓的習性和產地。石室右壁即是山谷的石壁，每隻山貓的洞穴都嵌有玻璃，遊客可清楚看到牠們的活動情形。一隻山貓矯健的攀入洞中憩息，牠的毛皮似金錢豹，突出的犬齒像虎牙，實在很難讓人與溫馴的家貓聯想在一起。

園中最有趣的是水生動物館。一條小徑自一水塘中穿過，塘上花香草綠，水鴨、河獺、水狸游泳，是多麼怡人的野塘清趣。小徑蜿蜒而下伸入地下展覽室中，石室右邊的整面牆也是一落地大玻璃窗。窗裡是迷人的水底世界，我訝異的發現水鴨竟會潛水！只見鴨兒們將頭埋入水中，再俯衝而下以迅雷不及掩耳的速度捕捉獵物，旋即一抖羽毛如離弦之箭衝出水面，在水面上消遙的游來游去。鴨子在水中時上時下，牠們的羽毛潛入水中後泛著一層銀光，像魚一般悠游自在。我不禁看得入神，更羡慕水鴨能飛、能泳！一隻水狸自石洞中竄出，矯健的跳入水中，對著玻璃窗這兒的遊客搖尾擺鰭，一會縱跳水面，一會翻個身，似乎不使出渾身解數，誓不甘休。

園中最美麗的地方，要算是鳥園了。鳥園很大，裡面植有各種奇花異草，並有一條小溪。曲徑通幽，小橋流水，茂林修篁中不時傳來鳥鳴，好似仙樂飄飄和成天然四重奏。園中有數不清的美麗的鳥兒在你身旁徜徉，在林中穿梭。枝頭或是隻通體亮麗的黃鶯，或飛來隻頂著高冠的紅色主教鳥，或長尾藍鵲。小徑旁的花叢中，也隨時可見五彩山雉，或彩羽鵪鶉，或可愛的珠雞。溪旁鴛鴦相偎，鳧鴨戲水，鷺鷥覓食……。

蜂鳥園可算園中最特殊之處，乾燥的沙漠原是不產蜂鳥的。偏遠之地為吸引遊客，盡出奇招。在這裡引水蓋鳥園已是不易，為怕熱的蜂鳥造園當更加困難。蜂鳥原最適於加州四季如春的氣候，往日住在加州時，常見蜂鳥在院中花架上採蜜；拇指般大的小鳥，翠羽紅冠，嬌巧可愛。這蜂鳥園中的蜂鳥品種很多，紫色、綠色、藍色，漫天飛躍，繽紛奪目，直看得人心花怒放。

兩隻蜂鳥不知因何交惡，吱吱喳喳飛到我們跟前惡鬥。振動奇快的雙翼互相糾纏，兩隻尖長鳥嘴你來我往，四隻薄如蟬翼的翅膀振得虎虎生風，嚇得旁邊的遊客紛紛閃避，生怕被牠們的戰火波及。惡鬥一陣，忽然鳴金收兵，兩鳥各奔前程箭也似的射入花叢之中。想不到這麼小的鳥兒竟也兇狠如此！我隨即看到旁邊立牌上有蜂鳥特性的介簡——牠們心跳特快，可高達每分鐘一千兩百次。所以，蜂鳥精力旺盛，外帶點神經質。牠們飛行快速，在空中不但可前飛，還可倒飛；採花蜜時，將身子懸空停止，卻仍可不停的振翅。莫看牠們小，本事卻比一般大鳥還多。

園中另有兩隻鐵籠，各關著一隻珍奇蜂鳥。一隻的特色是藍頭白眉；另隻通體呈淺咖啡色，全身微泛著金光。真是人怕出名豬怕肥。連鳥也不例外，長得奇特點兒的，就得被關在籠中展示，不如其他平凡的蜂鳥，可在園中自由自在任意飛翔。

除了各館各園的特色外，博物園本身也有許多自然景觀。園中隨時有人清掃，小徑上見不到一絲垃圾。清泉流水，遍植花木。有香味如蔗糖，開著似串紅葡萄的「糖花」；小羽狀複葉，花如紅色棉花球的天使花。此外，紫色喇叭花、黃色蝶形花，數不盡的奇花都在陽光下迎風飄散著幽香。你若注意附近草叢，很可能看到一隻沙漠烏龜在那兒伸頭縮腦，或一隻兔子剛自仙人掌叢中鑽出；也可能是一隻沙漠長尾鵲正掠過你身旁。時常出沒園中的熱帶鳥類便有幾十種。園子的東北角，也是自然賞鳥的好地方，許多遊客都拿著望遠鏡，在那一望無際的綠野上搜尋目標。

我不得不承認，這座博物園非常特殊。往日總認為土桑偏遠，哪能建出什麼好東西來！如今想來，自己反倒是從門縫裡看人了。

民國七十九年四月十九日《世界日報》副刊

患難母女情

女兒是在我結婚六年後出生的，舍妹笑我老蚌生珠。或許因為這層關係吧！懷孕時，我夫妻倆都很高興，從未為生男生女而煩過心。只望能平平安安生下個健康的娃娃，就心滿意足了。

生產時意想不到的順利，當時我並不覺得有什麼椎心刺骨的陣痛，外子形容我只叫了一聲，娃娃就呱呱落地了。

人說：「癩痢頭的兒子自己的好。」娃娃出生後，我似乎怎麼看，怎麼覺得她可愛。外子更是老王賣瓜自賣自誇，總認為他女兒是天下第一美人。

可惜女兒出世以來，與外子似乎緣分不夠。常因某種因緣，跟著我與她父親分居兩地。算來她現在不過四歲，約有兩年的日子與父親分開。去年春天我帶著女兒自臺灣回來。外子看著日漸懂事的女兒，抱著她猛親，曾發誓再也不離開他的寶貝女兒。誰知今年春天，他又轉回到加州矽谷工作，留下女兒與我仍住在士桑市。

那時我們搬到士桑市不過才七個月，一無親，二無故，娃娃也不過才三歲多，加上我的工作原本就很重，獨立帶著個小孩子，時常弄得我心力交瘁，疲憊不堪。

公司的生產線七點就開始，我們做工程師的為了配合他們，七點半以前須要趕到，而雜事繁多，往往五點多還離不開公司。外子在時，我們為了多挪些時間陪娃娃，所以他多半在九點以後才上班。每天早晨他送娃娃去保母家，下午我則去接娃娃回家。

娃娃的保母也有個與娃娃年齡相仿的女兒溫娣。後來兩人都滿了三歲，則早上分別去上學，中午保母一起接走。另有個中國小男孩艾伯特也參加了上學陣容，三人大約九點左右相繼到學校，同窗共讀，倒也其樂融融。

可惜娃娃的好景不常，她父親走後，我無法改變上班時間。每日六點半就得把娃娃自床上挖起來。昏睡中替她換好衣服，再把仍在酣睡的她抱上車，到了學校後才洗臉梳頭。

娃娃的學校雖六點就開始了。但八點以前只有助理老師，不是把孩子們集合在廳裡看電視，就是放他們在園子裡玩。八點以前娃娃是唯一的中國孩子，由於語言不通，又沒有老師照顧，娃娃只有坐在地毯上發呆的份。所以，過沒多久，娃娃開始不願上學。起初她在下車前都要大哭一場，以示委屈。後來改成問我「明天是週末嗎？」至此她天天盼週末。但她也知道媽媽要趕去上班，縱然是勉強走入教室，依然會在我臉上「kiss goodbye」，然後猛搖著小手向我揮別。看著女兒那故作懂事的小臉與無奈的眼神，常使我忍不住的熱淚盈眶。

這時溫娣的母親正懷著身孕，有時下午無法照顧娃娃，運氣好時，艾伯特的媽媽會接娃娃去玩。若他們都沒空，娃娃便得一人在托兒所熬到五、六點。托兒所的老師四點以前就離開的。四點以後又是放牛吃草，助理只一旁盯著他們不出事就好。有幾回，我約五點多去接她，看到一群美國小孩圍成一圈在那兒玩，娃娃被撇在後面，伸長個小腦袋很羨慕的看著他們玩。當聽到我的叫喚聲時，她高興的一面跑一面叫：「媽媽，媽媽」的向我奔來。看那一路跑過來的孤單幼小身影，怎不叫我這做母親的心痛萬分。

艾伯特的父母都是A大的學生，為了不忍娃娃一人留在學校孤單可憐，在娃娃保母生產的前後兩個月裡，主動幫我照顧娃娃。有時竟拼著次日有考試仍把娃娃接去玩，而且純粹是義務幫忙，真讓我感激不盡。在異國，縱然親故遠離，卻有新交如此重義，真可謂：「樂莫樂兮新相知」。

由於父親不在家。我擔心娃娃會心理不平衡，所以對她也特別細心。週末儘量陪著她玩，逛動物園或到公園盪鞦韆餵鴨子。若在家則講一籮筐的故事給她聽。我知她心裡很想爸爸，平日也不見她提起。小臉上總掛著愉快的笑容。尤其每帶著她自外遊玩歸來，她都玩得很盡興。

蹦蹦跳跳的進門，口裡自說自話道：「我跟媽媽過著很快樂的生活」。學的是我對她講童話故事時的口吻，公主、王子結婚後的美滿結局。

有一天，我下了班到保母家去接她。保母的先生也在A大攻讀博士，這日正好在家，逗著兩個小女孩玩。娃娃見了我來，忙穿上鞋跟著我走。回頭看到溫娣的爸爸又抱起她玩耍，娃娃看了羨慕不已，跑回去對他們說：「我爸爸也很喜歡我，他也會把我抱得高高的玩。」聽得我心中一酸，忙哄著她離去。沒想到她上車後倒也自在，依然比手劃腳的唱著早上在學校裡學的兒歌。

偶爾我身體不適，到了週末無法帶她出去玩。她也能自己辦家家酒，或看卡通片錄影帶。我躺在一邊陪她。她會不時的跑來親我一下說：「我最喜歡媽媽了。」若我心情不佳，或埋怨外子不該遠到外地工作時，娃娃會說：「媽媽不要傷心，爸爸不乖，可是我很孝順妳啊！」常使我破涕而笑。

她最崇拜的卡通人物是白雪公主與仙度瑞拉。只可惜這兩人美中不足，都是母親早逝。縱然後來都做了王妃，仍然難彌補喪母之痛。所以娃娃說她寧可不做王妃也不要媽媽死。

娃娃的保母常為了哄他們吃飯而說：「多吃點飯，才會長大喲。」一日我們母女倆正在吃晚餐。娃娃忽問：「媽，我長大了，妳會不會老。」

「會的。」我答。

「那老了會不會死。」她瞪著一雙大眼等答案。

「人老了都難免要死的。不過那時妳已長大了，也不需要媽媽照顧了啊！」我細心的對她解釋。

「我不要媽媽老，也不要媽媽死。我不要長大了，那我不吃飯好了。」她認真的提出了解決之道。

我忍不住噴飯，這是孩子的邏輯，心想這下她保母哄他們吃飯的招數得換了，原來她根本不想長大。

娃娃很喜歡看卡通影片小飛象。影片裡小飛象是一隻大鳥把牠自天外送來的。娃娃問我她是怎麼來的。我說是菩薩從天上送來的。心裡有的菩薩，娃娃的膽子漸漸比以前大。往日一見黑暗，她就怕睡美人裡的巫婆跑出來。後來她聽我說菩薩萬能會隨時保佑她，所以當她一想起巫婆便會說：「菩薩會把巫婆打走。」

一日我們又在看小飛象。當她看到小飛象的母親用長長的鼻子給牠當鞦韆盪時，她跑來抱著我說：「小飛象的媽媽好喜歡牠，跟我一樣。」再看到其他的大象譏笑小飛象的耳朵大而欺侮牠們母子時。娃娃竟說：「快叫爸爸來啊！爸爸來救牠們啊！」小飛象的爸爸終是沒有出現，落到牠母親被馬戲團的老闆關了起來。每看到小飛象學飛時，娃娃都會在一旁替牠加足了勁說：「快點飛，你會飛就會看到媽媽了。」娃娃突然問我：「小飛象的爸爸哪裡去了，是不是也到聖荷西上班去了。」我啼笑皆非的點點頭，反正她亂問我也只好亂答。

有個乖巧的女兒在身邊，縱然丈夫不在，也真如小丫頭所說的，我們過得快快樂樂。然而蒼天似乎並不見憐我們母女，越是無依無靠，越是災禍連連。我家住在山谷裡，有回下班回家，正開車下山，車子好端端的突然熄火。這時前不巴村，後不著店，我只好抱著娃娃在路旁等警車巡邏路過。幸遇一好心婦人停下來載我們母女去打電話，叫來拖車，拖至汽車修護站修理。由於沒有爸爸在一旁協助，娃娃只好跟著我一起在修護站折騰到車子修好才回家。好在她很能自得其樂的拉著我到修護站的販賣機去，一會打瓶可樂，一會打包巧克力糖的吃吃喝喝。

車子才修好沒幾天，我又出了車禍。車子完全撞毀。幸運的是我保了租車險，雖然租了車解決了交通問題，終不是長久之計，保險公司的錢賠償下來後，我就得另買新車了。下班後牽著娃娃開始到處去看車，好在有幾位好心的男同事，怕我一個婦道人家會吃虧上當，抽空陪我去看了幾回，總算買了部一切還滿意的車。

娃娃坐上新車，得意非凡，只是這陣子看車買車，辦貸款，沒個老公在旁幫忙真把我累得筋疲力竭，更苦了娃娃跟著我東奔西跑。

過不多久，在一個星期一的晚上娃娃忽然發起了高燒，鬧著要媽媽抱。抱著她滾燙的身子，我心中正盤算著，明兒一早帶她去看醫生，也得打個電話到公司的大秘書家去預先請個假。腦筋尚未計畫清楚，娃娃突然一嘔，吐了我一身，我抱著她衝到廚房去拿紙巾，娃娃又是一嘔，這回一路吐在我們嶄新的米色地毯上。

娃娃這場病由於醫生的診斷錯誤，特效藥吃下去後並未見效，反而越加沉重。到了週二晚上雖已吃過了幾劑藥，而體溫不降反升。接著又嘔吐不止。娃娃一日夜來病懨懨的幾乎沒有進食，吐的都是水及胃酸。每吐完，她便嚷著口渴，我餵她一些果汁，她喝完沒多久，胃一翻又吐。吐完一回便大哭一陣，嚇得我六神無主。我在床上墊上條大浴巾。旁邊放一捲紙巾。目不轉睛的瞪著她，生怕一時救援不及，又讓她吐得一身一床。

打電話問醫生，醫生說可能是吃了抗生素的腸胃反應，他囑我繼續餵藥，除了果汁汽水，別給她吃東西。若次日還吐再抱到診所去。那一夜我數不清娃娃吐了多少回，我不但被弄得手忙腳亂，加上神經緊張，自然一夜未曾闔眼。守著個病兒，心焦如焚，想丈夫遠在千里外，父母親人更隔著千山萬水。這與我相依為命的孩子，若有個三長兩短，我該怎麼辦？慌亂中想起了藥師灌頂真言及大悲咒，我不時的唸著，希望藥師如來及觀音菩薩保佑我兒，早日康復，一方面也紓解我這顆焦慮的心。遙見落地窗外月黑風高，更覺母女倆的孤苦。獨在異鄉，對著的是與故鄉相同的一輪明月，縱然千江有水千江月，易地而處時，人兒淒涼，月兒卻依然高高的照它的九州。

星期三，我仍然沒有去上班。秘書要我安心在家照顧女兒，大老闆亦打電話來問候。晚上秘書竟帶了禮物來看娃娃，也帶來了同事們的關懷。我看到她的那般熱誠，不禁淚如泉湧，忍著幾天的淚水，如黃河決堤似的，一發難收。我告訴她，娃娃今天燒退了些，也沒再吐。她幫著我餵娃娃吃雞湯麵。看著娃娃能夠進食，她才放心的離去。

在美國一般的托兒所及保母都不願意照顧病兒，因為怕傳染給其他的孩子。但娃娃的保母卻見義勇為的對我說：「妳若放不下公事，想去上班，就把娃娃送來給我。別擔心她的病會傳染給溫娣。若要染病，哪兒都可能的，我會小心隔離他們的。」

星期四我終於能回公司上班了。老闆知我女兒病重，囑我早點回家。下午，娃娃保母打電話來說娃娃的病勢又轉嚴重。昏睡不醒，她試著叫她醒來吃藥。娃娃卻一個勁的哭，而且雙眼發紅。我聽了一驚，提早下了班，趕去接她。見她兩眼霧濛濛的發紅，不免驚出一身冷汗。忙與醫生約了次日下午再去複診。當晚外子坐晚班飛機趕了回來，他見我獨自開車星夜趕來接他，抱歉不已。又看到躺在後座病得兩眼通紅，幾乎不省人事的女兒更覺難過。他抱過女兒，低聲對她說：「爸爸回來了。」娃娃不睬，卻放聲大哭！

有外子在家照顧女兒，我星期五趕早七點便去上班。下午三點趕回家與外子帶著娃娃去看病。醫生說眼睛紅是因為病毒入侵之故。那蒙古大夫竟不能相信他上回開的藥不見效。如今只好另作判斷，另開別種抗生素。醫生說他這回若判斷正確，三五天之內，眼睛的紅會退。若五天後沒效，再通知他。我夫妻一聽，頓覺魂飛魄散，若再不見效？孩子這樣拖下去，做父母的怎忍得下心。醫生再三勸我們先餵藥再作觀察，他實在也是無計可施的。

或許真是菩薩見憐，娃娃兩劑藥吃下去，不但燒退了，眼睛的紅也轉淡。到了週六下午，已能下床跟爸爸玩了。週日，娃娃醒來兩眼又恢復了往日的澄清。外子終能安心的回去上班。下午我與娃娃送他上飛機，他走入機艙時，娃娃不停的對他飛吻。機艙門關起，娃娃還趴在落地窗上想找尋爸爸的蹤跡。等飛機衝入了雲霄。她忽把小手指向天際嚷著要爸爸回來。耍了好一會的無賴，才安定下來。我抱起猶在哭泣的女兒，落寞的走出機場。

娃娃復原的神速，連醫生都懷疑他當時何以福至心靈開出了仙丹。由於這場病的教訓，我深覺母女倆待在這土桑市實在不是辦法。我縱捨不得這份優厚的工作及相處融洽的同事們，然而為了娃娃仍不得不做搬回聖荷西的打算（我們原住聖荷西的）。於是我們家前插起了吉屋出售的牌子。

一日晚飯過後，娃娃在浴缸洗澡玩水。我想趁空看會報，發現今日忘了拿信件。打開大門正想往信箱走去。忽聽嘀嘀嗒嗒的一陣響。亟目看去，竟是隻碗口粗的響尾蛇盤踞在車房口，昂首吐信，尾巴不停的簌簌作響。我嚇得忙緊閉大門，躲進屋來。仍止不住的心驚肉跳。僥倖的是若非這毒蟲尾巴會響，我摸黑一腳踩去，倘不幸中毒身亡，誰來照顧我那稚齡幼女。又擔心這毒物若自煙囪中爬下，傷了我們母女，可如何是好。想打電話找左鄰右舍來打蛇又覺不妥。左思右想只好找電話接線生訊問對策。她幫我接到消防隊。消防員問明了我家住址說立刻趕來。

我忙將娃娃抱出浴缸，匆匆給她淨身穿衣。她聽說有蛇，抱著我好緊，小手拍拍胸脯說：「怕怕」。消防員果然旋即趕到。我抱著娃娃到門口時，他們已將蛇捕到。並「秀」給我看他們的捕蛇工具。是根套著鐵夾的細長木棍。他們又表演訓練有素的捕蛇技術給我們看。原來木棍上端有一控制鐵夾的開關，只要一拉一夾，準確無比的夾住蛇的七寸，再將蛇丟入他們預先準備的鐵籠中。我問他們將如何發落這條蛇。他們幽默的說，響尾蛇原是很好吃的。可惜牠乃是市政府列於保護的動物。所以今夜他們還得餵牠一頓飽餐，次日再送到人跡罕至的沙漠去放生。哦！不傷牠性命就好！否則牠若為我而死，將來蛇子蛇孫來找我報仇，可就糟糕了。

我們所住的山谷雖偏遠了些，卻也有數百戶人家，真不知這蛇是從那兒來的。當晚我唸了很多遍的往生咒，望蛇能早日超脫，來生莫再作蛇來嚇人。唸往生咒時，我心想幸好牠是盤在車房門口，若在大門口，我這一腳踏去，後果真不堪設想，不覺悲從中來的落下淚來。娃娃見了忙偎到我懷中說：「媽媽不要傷心，我會孝順妳的。」

「妳已經很孝順了。」我說。

「我會更孝順的啊！」她的天真話語又使我破涕而笑。

在我們的房子找到房客後，也是我與娃娃將離開土桑市的時候了。環看居住了十四個月的土桑市，心裡不勝依依。娃娃在外子走後的半年多來忽然懂事了許多，她變得善體人意，乖巧聽話。母女患難與共，更覺骨肉情深，天倫的可貴。

在土桑，我雖然相識無幾人，而所交之人都是熱誠君子，他們常在我危難之時伸出援手，使我得以走過步步棘荊，重入平坦的大道。

我突然領悟了佛、菩薩普渡眾生的慈悲願力。世間無常，人的前途難以預料。困難之中若非週遭之人施以援助，很可能便會在人生的暗流中滅頂了。人生在世，怎不該時時感恩呢？除了那一生報不盡的父母大恩，還有那報不完的群眾過往之恩。而我們是否也該以一顆感恩的心，推己及人，盡自己的力量去幫助他人呢？

民國七十九年三月十二日&十三日《世界日報》

人生小品

沒關係

一日，在朋友家聚餐。賓主酒酣耳熱後，相繼坐在客廳中談天，孩子們則在家庭間裡玩耍。

客人中的一位小男孩跑過來要可樂喝。女主人遞給他一杯可樂後，男孩便坐在牆角的茶几旁喝。不知怎的小男孩一失手，打翻了可樂。惶恐的男孩一抬起頭來目光恰與男主人接個正著。男主人佯裝不見，別過頭去繼續與客人聊天。男孩如獲重釋，自己跑去抓了些餐巾紙，想擦去他的過錯。而這些小動作到底落入了男孩母親的眼中。她發現可樂潑了一地毯，氣的正想破口大罵，卻立刻被早已知情的男主人制止。

「沒關係，沒關係，下回小心就是了。以後做錯什麼事一定要跟大人說，我們會幫你的。」男主人和善的說。

女主人見狀，先把孩子哄去家庭間玩，再找來抹布，大家手忙腳亂的幫著擦洗。男孩的母親仍不住的向主人抱歉，男主人忙安慰道：

「我們家的地毯已經很舊了，犯不著為了弄髒地毯去罵孩子。再說孩子打翻可樂已經很害怕了，再罵他就更委屈了。何況他這麼點點小，手原本就不穩。」

難怪孩子打翻可樂時，他佯裝不見。在男女主人一連串的沒關係聲中，現場又恢復了原有的和樂氣氛。

這三個極其平常的字眼，卻代表著說它之人的寬懷大量與愛心。說這三個字不難，但男主人眼見小孩闖禍而能佯裝不見以免除孩子的不安，實為難得。

華盛頓砍了櫻桃樹之所以敢勇於認錯，相信是因為他生在那種鼓勵知錯能改的環境中。無知小童容易犯無心之過，如果因此而遭到嚴厲的處分，很可能日後再犯錯時，會因為害怕而導致說謊。久而久之便養成了習慣。

見到孩子犯錯，能夠壓住火氣，給孩子改錯的機會進而誘導他們思考解決問題之道，似乎也是我們為人父母應該思維的地方。

那日，恰巧被我不經意的瞧見事情的始末。我頓時明白了為什麼男女主人一直被公認為最幸福的一對。人們往往只知羨慕他人，怨嘆自己。可曾探究幸福背後的原因，而去學習他們的美德呢！

退讓之美

多年來，眼前常會浮現起一幅動人的畫面。

有一年我回台灣度假。一日，在公車站等公車，那時正是下班時間，街上人車擁擠。公車站旁焦急的乘客們，一個個伸長著脖子翹望遠處駛來的公車，是否是自己要搭的那一路。

每班公車到來，車門一開，就見一群人爭先恐後的跳下來，緊接著就是一群人蜂擁而上。這似乎是順理成章的自然現象，乘客的慣性動作。

左等右盼，終於，我要搭乘的路線出現在我的視線中。我隨著人群，迫不及待的往前擠。車門開處，一位十多歲清麗的小女孩，牽著個五、六歲大的男孩當門而立。男孩伸出前腿正要跨下車來，女孩忽然扶著他的雙肩往旁一閃，轉身將身後一位正艱難著往外擠的老婆婆扶下車，再牽著男孩氣閒神定的下車。

車下之人似乎都被她那突如其來的閃讓動作給震懾住了。原本的急躁竟如狂風驟停，大家出奇的守秩序，默默的上了車。我擠在門邊，視線一直追逐著那對姐弟。心中想著，是怎樣的一對父母，調教出這樣的好孩子。她怎有如此的智慧，不急不徐的去扶一位老人家。她的動作如此的自然，一臉純真，一派悠然。我祝福她在人生的旅途中一帆風順。

雖然只是個小動作與一件小事情，但這幅景象卻深深的印入我腦海中。每當我因些許小事與人爭執冒火時，我會猛然想起那位春風嫋嫋荳蔻年華的小姑娘，何妨學她讓人一步。

原載《世界日報》家園版

共話西窗聽雨聲

去年十月，為了家庭，我辭去了工作，暫時揮別了工作十幾年的工業界。從此，小女兒放學後不必再去安親班，也不必擔心負責接送大女兒的人把她的時間表弄錯。

然而辭職後的我，依舊忙碌。先是收拾房子，整理老舊的用品衣物，該扔的扔，能捐的捐。又借來各類書籍，重溫我愛閱讀的舊夢。我更每天用心烹飪，讓全家能一起享受一頓精緻可口的晚餐。如此每日忙到下午兩點，才急忙出門接女兒，再進入另一階段的忙碌。不但要充當他們的司機，送她們參加各種課後活動，還得充當她們中文與數學的家教。

一日中午，外子回家拿東西，見我正在拖地板，不忍的說：「妳辭職在家，何必成天忙於家務，何不邀妳的昔日姊妹淘，一起出去逛街吃午飯。」我聽後一笑置之。多年來忙於工作，家中不知有多少事該理。尤其是小女兒已上一年級，不能再放牛吃草。念九年級的大女兒，又忙於課業及學校裡的各種活動，很需要媽媽在旁協助，那有心思去逛街串門子。

數日前，接到好友文玲的電話，想向我借一套書，順便來家中小坐。我臨時把住在附近的家菊約了來。三個提早退休的中年婦女，遂偷閒小聚。

我煮了珍珠奶茶，買了點心。文玲帶來一個比薩餅，一盒蛋糕。三個人邊吃邊喝，不覺天南地北的聊起天來。她二人也都因公私不能兼顧而於去年辭去了工作。

我們三人相識十幾年，往常逢年過節，大夥兒在一塊聚餐，總是全家大小一起歡聚。像今日這樣沒有老公、孩子在身邊，卻是頭一遭，感覺上自然就格外悠閒。

猶記十八年前，在俄州大初識文玲時，大家都還那麼年輕。由於我們都喜歡文藝，談來頗為投機。不久她與夫婿轉學去加州柏克萊。臨行前兩日，我們一同到城裡去看當地居民慶祝聖派翠克節。那日，整座哥倫布市到處貼滿了酢漿草的圖案，城裡的人都穿著綠色的衣服。觀光飯店門口，綠色的氣球，一綴一綴的隨風飄盪。市政廳前的廣場上熱鬧非凡，跳方塊舞的人群和著手風琴領導的小樂團歡愉的跳躍。入目是滿眼的綠，入耳則是輕快的鄉村音樂。春天便在大夥的期盼下翩然來臨。

後來，外子在矽谷找到工作，我完成了俄大的學業，隨夫定居矽谷。一到矽谷，我們便與文玲聯絡。巧的是她先生在柏克萊的一位同窗好友也正是外子特別要好的同事，於是三家人很快結成好友。老公這位同事的太太便是家菊。

不久，我與家菊一同懷孕，週末便一起飲茶，結伴到公園散步。一晃十幾年過去，孩子漸漸長大，我們也步入中年。其間矽谷幾度起落，房價跌跌漲漲。矽谷從八〇年代的半導體工業，進入九〇年代的網路，到今天大紅大紫的網際網路。物換星移，科技一日千里。隨著電腦速度的加快，矽谷也飛快的成長。日新月異，事事汰舊換新，只有我們這群老友的友情不變。回憶點點滴滴的往事，追述一同走過的歲月，直覺溫馨無比。

窗外不知何時下起了小雨。我們坐在窗邊閒聊，望見矽谷西面的青山煙雲繚繞，雨水順著柳枝一滴滴的滴在園中的碎石上，多美的意境啊！而我們喝著溫熱的珍珠奶茶，吃著烤得酥脆的比薩餅，臨窗共話，又是多麼的逍遙。雨，還綿綿不斷的下著，而我們卻都到了該接孩子的時候了。斜風細雨終須別。然而這樣的小聚是多麼的愉快啊！

臨別，三人異口同聲說，今日過了一個最快樂的中午。真的，時間是人找出來的，快樂的生活也要靠自己去安排。我忽覺先生的建議不錯，我是該放下拖把，出去串門子了。

原載《世界日報》家園版

車衣樂

曾有人告訴我：「人的思想會隨著年齡而改變。」這句話應驗在我身上的早已不知有多少椿。但我自己也沒想到竟會迷上了車衣。

年輕時最恨踩縫紉機，又覺得把大好時光消磨在裁衣、車衣上，大為可惜。中學時的縫紉課，若不是母親，便是鄰家一向疼我的李媽媽代打。隨著工業的進步發展，成衣愈見普遍，價格也合理。似乎自己動手做衣服，已不再有必要了。

然而自為人母後，便時有衝動想自己為孩子縫製些什麼。尤其看到秋生為先生、兒子做的父子休閒裝。淑玲為女兒作的布娃娃，秀美自己做的窗簾，美瑩自己縫製的椅墊。真羨慕得不得了。

好心的秋生告訴我，在美國，做衣服非常方便。布店裡有各式各樣的Pattern，買來照樣剪裁即可。不必學複雜的算法去量身裁衣。只要買台縫紉機，她可以教我車衣。

當時，我正要生老二，公司有三個月的產假。我想這段日子左右無事，不如來學著車些玩意兒給我即將出世的寶寶。於是於休假前，特去選購一台縫紉機。

秋生如約的來教我用機器，詳細解說如何穿線、操作。結果我連一個小枕頭套都沒車完便放棄了。原因是穿線複雜難記，手腳又不協調。常因腳踩踏板過於用力以致機針飛快車過，雙手不及拉好布而車得歪七扭八。自那日以後，縫紉機便被我藏於高閣。三個月匆匆過去，竟沒空再去用它。

最近兩位女兒習舞的舞蹈中心又將公演。大女兒的一套舞衣，做得讓裁縫大吐苦水。末了不但要求加價，而任何需要手工做的部分如釘暗扣、鉤子等，一律送回要家長自己動手。矽谷這兩年經濟驚人的強勁，一切水漲船高，低廉的裁縫已找不到了。因此，老師建議家長們自己動手做另外的幾套舞衣。

我想與其花錢求人還遭人抱怨，也該自己動手了。再說小女兒的那套舞衣樣式比較簡單，正好藉以練習車衣。而且不久前我已辭去了工作，更該有時間試著自己做做看。

我再度向秋生搬救兵。由於這回的確較空閒，又是勢在必行，一切學來便順利得多。對於秋生所指點的裁剪及車法的祕訣都仔細默記。剪裁好了樣式，我便仔細的開始車衣。真是「天下無難事，只怕有心人」。用起心來做事便大不相同。我看到車針輕快的車過，便縫出整齊細密的一排，比起手縫真不知有多快又有多好。雖然我的技術仍難免車歪車壞，一件上衣車了又拆，拆了又車，足足搞了三次才做成。然而那成品呈現在眼前的喜悅，真不是放浪花月足以形容的。更沒想到一腳踩著踏板，一手按著布便能縫出千針萬線。看到車衣針一路走過，縫出針針線線，不禁讓人心花怒放，喜不自勝。車衣，真會讓人迷戀於其中。

我終於會車衣了。新窗簾、女兒的布偶，都將是我一個接著一個的新企畫案。車衣針得、得聲中，一件件的作品陸續完成。不但讓我有心滿意足之感，也讓孩子們覺得，媽媽親手做的東西要比買來的珍貴啊！

原載《世界日報》家園版

花情三帖

孤挺花

新換的房子有間溫室（Green House），由於屋子易主，裡面的植物無人整理，眼看著日漸荒蕪，我與外子不得不抽空去修剪殘枝，清除敗葉。沒多久暖房中已是一片綠意。

次年春天，一日進溫室澆水，見一盆植物冒出一枝粗粗的新芽，當時並沒有特別留意，只是照例的把水一路澆過去。不知不覺中，新芽竟長成一枝亭亭玉立的花莖，還頂著一個鼓鼓的花苞。花莖邊並冒出幾片寬寬厚厚的小嫩葉，我意識到它快開花了。

一天下班回家，發現花苞張開了它青綠的花托，吐出四個含苞待放的花蕾，有枝花蕾已伸出一角紅色的花瓣。我驚喜之餘，腦中靈光一閃，脫口叫出：「是孤挺花。」

我不是綠手指，盆景在我手中老養不好，再加上公私兩忙，除了些萬年青之屬的植物外，一直不敢養嬌貴的花卉。如今憑空冒出一盆孤挺花，不由喜出望外。

次日清晨起來，看到一朵花已綻開了喇叭形艷紅的花瓣，其餘三朵也正蓄勢待發。我心中也禁不住的心花怒放。高興的是，我竟然也能培育出這樣美麗的花朵。由此，我才領悟到綠手指與黑手指，不過是勤與懶之別。

下午，下班回家，忙進廚房打理晚餐。忽聽四歲的小女兒興奮的大叫：「媽咪，快來看。」我忙尋聲到家庭間找她。見她指著落地窗外溫室中的孤挺花，像發現奇珍異寶似的對我說：「世界上最漂亮的花。」我更有如驚豔一般，看到四朵盛開的火紅色大花，在夕陽中展現它傲然的豔色。由於花形大，格外耀眼，我由衷讚道：「真是太美了。」

「是我發現的。」小女兒喜孜孜的說。我誇她能幹又孝順，看到美麗的花，懂得與媽媽分享。女兒聽後，小臉上展開燦爛的笑容，興奮的伸出雙手與我緊緊相握，拉著我歡欣鼓舞的跳躍。

當外子的汽車聲在屋外響起時，小傢伙立刻箭也似的衝到車房，拉著爸爸來看花。又忙去把正在做功課的大女兒叫來。父女倆看了，也同聲驚嘆，不約而同的詢問：「花從那裡來的？」當他們得知是前任屋主留下來的，我不過每天澆澆水，居然將一個光禿禿的球莖，澆成美麗的花朵時，不免嘖嘖稱幸。倘若，我們任溫室荒蕪，何來今日的賞花之樂呢？

外子又問，這叫什麼花。我告之叫孤挺花。他詫異的道：「怎麼從來不知道孤挺花這麼好看。」

的確，我也有同感。這株花或許是因初開乍放，特別嬌艷。紅豔豔的花瓣帶著些橘紅色的鮮麗，挺直的花莖俊逸無雙，新綠的嫩葉，襯托著花莖更顯出花的神采。比一般花店中陳列的，確實要好看得多。它像年華正青春的少女，熱情奔放。

自此，每天清晨，我們都要看會兒花才出門。下班回家更常攜著女兒的小手一起賞花，直到一個多星期後，花兒開始凋謝。「花還會再開嗎？」小女兒惋惜的問。

「會的，明年春天，它一定會再開的。」小女兒聽後又展開笑顏。與我一同期盼著另一個春天。

蘭花情

遷居時，好友淑貞送了我一盆蘭花。我一向很喜愛蘭花，卻因蘭花嬌貴，養殖不易，從來不敢冒然購買。

這盆蘭花，非常好看，是我未曾見過的品種。蘭葉似素心蘭，但稍寬，稍薄，顏色青翠透亮。花型有些兒像蝴蝶蘭，但中間的唇瓣特別大，誇張的深紫色托著鵝黃色的花蕊，分列左右的兩片粉紫色花瓣薄如蟬翼，彷彿是隻展翅欲飛的蝴蝶。三片淡紫色狹長形的花瓣呈品字形，拱著前面那隻美麗的蝴蝶。我如獲至寶的將它放在早餐間的海灣窗台上。我沒有養蘭花的經驗，但一心想好好呵護它，每天下班後便拿著噴筒對它噴灑些水。一兩個月後蘭花逐漸謝去，留下碧綠的蘭葉，搖揚葳甤，依然婀娜多姿。窗台上陽光充足，蘭葉越長越茂密，狹長的葉片飄逸自然，參差有致。我心想，縱然它不再開花，也並不重要，何不當它是一盆高雅的綠色植物。

次年春天，我在澆花時，意外的發現，蘭葉中冒出一枝細細青嫩的花莖，上面結了好幾個花苞。這一發現，真令我喜出望外。從此，我一日看三回，總算見那花莖日日茁壯起來。接著，我又發現有五六枝花莖冒了出來。這對我來說不啻是奇蹟，我是一個連萬年青都養不活的黑手指，怎會把蘭花養得這麼好？雖然有些驚奇，但我因工作繁忙，無暇研究，依然僅在有空時對它噴些水。

當最早冒出的那支花莖綻開出蝴蝶形的花朵時，全家大為驚豔。那花初開乍放，花色淺紫、深紫、粉紫，相互襯托，恍若仙花幽草，比去年淑貞送來時要新嫩嬌美。感情豐富的小女兒瞪大眼睛笑逐顏開的說：這花，太漂亮了。

漸漸的其他的花莖也一枝枝的綻放，蘭花花期很長，每朵都可開上一兩個月。不知不覺中，窗台上已似蝴蝶紛飛，幾十朵紫花把一盆蘭草點綴得璀璨奪目。一日，淑貞來訪，我把她拉到窗台前，她驚訝的說：妳是怎麼養的，竟能開出這樣多的花，妳今年要發啦。

我笑道：快樂就是財富，這蘭花為我們帶來滿室清香，予我們全家無比的喜樂，不等於是發了嗎？這都要感謝贈花人。

蘭花陸陸續續開了十四枝，前後開了大半年。每有朋友到來，與我坐在窗台前喝茶閒聊，抬頭一見蘭花，都不免驚豔的讚道：這蘭花真漂亮，哪兒買的。

我曾得意的說：「淑貞送的。」

「她的眼光真好」，朋友們幾乎都反射性的說出同樣的一句話。

然而，好景不常，隨著花朵的逐漸凋謝，蘭葉也逐漸枯萎。我心中納悶，原先我兩三天才記得噴水，後來蘭花開得多了，為了愛護起見，我天天不忘噴水，難道水噴得不夠多？這麼一想，我便改噴為澆，沒想到蘭葉枯得更快。我開始著慌，跑到蘭花專賣店去尋找養蘭的專書。好心的店員告訴我蘭花喜溼，但蘭根不能泡水，所以要替它營造潮溼的環境。最好的辦法是一星期澆一次水，澆水時要不斷的澆，直到整盆的水苔木屑都溼透為止，多餘的水一定要漏掉，否則蘭根泡水就會爛死。我聽後恍然大悟，原來我兩三天噴一次水是對的，既保持木屑的溼度，又不會讓花盆積水。後來澆水太勤，泡爛蘭根，反而致其於死地，這豈非愛之適足以害之嗎？

為了答謝好心的店員，我買了一盆美齡蘭，一盆黃紅相間的小洋蘭。為了救治淑貞送我的蝶形蘭，養好新買的蘭花，我多方蒐集養蘭知識。從鄰居養蘭高手傑克那得知，蘭花宜養在半陰半陽處，避免直接日晒，最好能早上照到陽光，下午遮陰。我那窗台坐北朝南，窗戶西邊一棵大松樹遮去下午的楊光，是養蘭的理想位置，種種巧合才有那半年的彩蝶紛飛。

原來每種花都有它的花性，萬年青喜水，在我三天兩頭忘了澆水的手上養不活。蘭花反而在我這懶人手上養得好好的，可惜又因我的缺乏知識而誤被摧殘，我對自己不探究理的惰性不禁深深懊悔。弄懂花性後，我的蘭花盆盆都開得豔光照人。有朋友見到我開得大而豔的美齡蘭，便把家中不開花的文心蘭送給我，接著又有人送我萬代蘭及蝴蝶蘭。如今我的窗台上已經擺滿了蘭花。

蘭花是花中四君子之一，幽香怡人，豔而不俗。我自幼就羨慕養蘭人家，沒想到自己有一天也能學會養蘭花。雖說是天下無難事，但還需靠有心人去追根究底。感謝好友贈花，竟讓我圓了擁有蘭花的夢想。

令箭荷花

數年前的某一日，我到研發部去找一位工程師洽談公事。看到他桌上一隻玻璃瓶中插著一截令箭荷花的槳莖。我隨口問到：「你是從家中剪來的嗎？」

「是啊！家裡那棵長得很茂盛，所以我剪一截下來，放在辦公室裡也添些綠意。」

「你家那盆是不是會開大紅色像曇花一樣的花朵，而且開在白天。」我好奇的問。

「對啊！我們以前並沒看過這種花，偶然得來，也不知花名，便管它叫洋曇花。」

「曇花開在夜裡，又只短短數小時。這花一開好幾天，所以與曇花不同。它叫令箭荷花，屬仙人掌科，又叫孔雀仙人掌或瓊花。我國嶺南一帶盛產此花，你看它葉子挺拔像令箭，花兒似曇花又像睡蓮，管它叫令箭荷花最貼切。」

同事見我說得頭頭是道，竟大方的連瓶帶花的送了給我。我大喜之下連聲道謝，其實我與他蘑菇半天，早有索花之意。如今正中下懷，便高高興興的捧著花離去。

我已好多年沒見過令箭荷花了。猶記台北基隆路舊居後面的菜園口，有一株令箭荷花。那年夏天，我偶到菜園散步，忽見一大叢兩公尺來高似仙人掌的植物上，開滿了一樹大紅色與曇花一模一樣的花朵，我詫異的直覺認為，它定是曇花突變而來。隨後我去向住在同棟公寓的月軒姐請教。月軒姐是中文系的碩士，見多識廣博學多才。她告訴我這花叫瓊花，它的漿莖翠綠如玉，紅花明艷照人，正是「瓊花玉樹露華濃」。後來我偶然看到圖片稱此花為令箭荷花，我倒覺這個名稱更為雅致。

我將花莖養在瓶中，日日換水，不久見它發出細白幼嫩的根，漿莖上也長出紅色的新葉。於是去選購了一只古雅的磁器花盆，將花栽種其中。從此屋後的溫室中多了一盆嬌客。

仙人掌科的植物，算來是比較好養的，有空澆澆水，覆上一些蛋殼，不多久就發了好些新芽。瓊花的優點與曇花一樣，漿莖無刺。一年多後，「玉樹」已是雄姿英發。那年初夏，並結出了好幾個花苞。瓊花的花苞長得很慢，直長了一個多月，長到半尺多長時，花莖開始往上翹，終見它要含苞欲放了。

那是個週末早晨，全家早餐過後在家庭間休憩。落地窗外的暖房中綠影搖紅，忽見三朵瓊花齊放，比碗口還大的花，奪目亮麗。半透明的鮮紅花瓣，嬌美清新，端莊高貴，懸掛在交錯橫斜如碧玉令箭的漿莖上，全家大為驚豔。外子從未見過瓊花，驚異的道：好漂亮的曇花，怎麼是紅色的，還竟然開在白天？

兩個連曇花也沒見過的女兒驚喜歡呼的道：好大好漂亮的花，媽媽，它是那裡來的。

想起愛蓮說道：「水陸草木之花，可愛者甚蕃。」世人誰不愛花呢？

當初買這棟房子時，對屋後那座溫室頗有幾分頭痛，偏偏前任屋主留下了大部分的植物，迫不得已，只好學著整理。無意中養活一盆孤挺花，全家享受到花開的喜悅，賞花的樂趣。又因換新居，好友送來蘭花，不能辜負她的心意，遂學習養蘭。種種因緣際會，竟將自己的黑手指轉變成綠手指。

去國二十餘年，舊居易主，那片菜園早已變成插天高樓。那株瓊花也已葬送在推土機下。如今有緣，培養出一株瓊花，再見嬌容，重溫賞花舊夢。與家人分享往事，細話種花的前後因緣，一家人的臉上掛著的是賞心的微笑。

原載《世界日報》

後記

後來我又收集到金黃色、橘紅色及粉紅色的令箭荷花。這才知道，它的品種繁多，花期約三四天，堪稱美麗易養的觀賞植物。

海灘的一天

去年暑假，妹妹帶著三個女兒來我家度假。妹妹的老大與我大女兒年齡相當。由於我兩個女兒相差八歲有餘，她的老三反倒比我的老二要大上兩歲。五千金每聚在一起自有玩不盡的花樣，熱鬧非凡。我與外子照常出門上班，妹妹則歪在床上看《笑傲江湖》，也算達到休閒度假之樂。

到了週六，我建議帶孩子們去海邊玩。五千金一聽，群起歡呼，一哄而去找她們的游泳衣。我跟妹妹理出五條大毛巾，找出一條舊毯子，及一些以防萬一的替換衣服等，大袋小袋的裝了四個旅行袋。另外用保溫袋裝了各式飲料、點心、洋芋片等吃食。外子因連日來已被五個丫頭吵昏頭，決定留在家中。於是我們一群娘子軍，開著一部廂型車，浩浩蕩蕩的出發了。

到了海邊，見一片湛藍海水，波光帆影，海鳥翱翔。我頓覺胸襟一開而俗慮全消。情不自禁說道：「到海邊來走走真好。」

海邊人多，停車位難找，好不容易找到車位，離海灘已有里許之遙。兩個大的正要過來拿東西，三個小的已搶出車門向海灘跑去。我忙叮囑她倆快追過去，好好看顧著妹妹們。我們隨後就會趕到，我背起保溫袋，兩手各提著一個大旅行袋。妹妹背起皮包，也一手拎起一個大袋子。走沒兩步，我倆已是步履蹣跚。正午的夏日驕陽，曬得我們揮汗如雨，背上的飲水食物，更如千斤之重。遙望海灘，還有好大的一段路，真有遙不可及之感。我愈走愈痛苦，想停下休息，又擔心孩子們跑出視線之外，腳下便不敢停留。一時間度假好似在逃難。沒想到人生除了生老病死，還有這一大苦。當我狼狽不堪的終於走到已在堆沙堡的孩子們身旁時，我卸下行李跌坐在沙灘上，不由大嘆口氣，總算暫離苦海了。

兩個大的過來幫我們拉出毯子，墊在沙灘上。孩子們脫下T恤短褲，露出預先穿在裡面的泳衣，一齊跑入海水中。我坐在毯子上，拿出礦泉水解渴，眼睛盯著戲水的孩子們。思緒忽然浮現出我的童年。那是個兒童節的假日，母親帶著我們姐弟三人與鄰家虞媽媽結伴到兒童樂園去玩。虞家有四個孩子，七個孩子同行，頗不寂寞。兩個媽媽準備了滷味、包子等吃食。帶了些預備衣物，同樣大包小包的提滿了一身。孩子們各自背著個小水壺，一群婦孺自七堵搭火車到台北再轉公車到圓山。進了兒童樂園，兩位母親鋪了塊布坐在草地上休息。七個孩子爭先恐後的去排隊了。當我搭上旋轉飛機時，遙遙望見母親一臉疲憊，才驚覺，這一路上，她們一定累壞了。今日我與妹妹正好比當年兩位辛苦的媽媽。或許，這也算是現世報吧！

一個大浪捲來，我看到小女兒往回跑，一跤摔在沙灘上。我嚇得如驚弓之鳥般，飛也似的上前搶救，趕到時小傢伙已笑瞇瞇的爬起來，接下來只好在一旁緊緊看著。每見海浪打來，便奔上前去牽住她。美麗的浪花在此時竟成了危機，潮音濤聲更成了煩人的噪音。

孩子們泡罷海水，吵著要去濱海樂園坐雲霄飛車。孩子們換好衣服，我們在休息區覓得一長凳。吃飽喝足後，妹妹決定留下看守行李。三個大的自行去活動，我則帶著兩個小的去玩，排隊，等待中又是另一翻累滋味。

歸途中，妹妹開車，我坐在一旁不免檢討，今日怎麼會搞得如此焦頭爛額。記得前一年，妹夫與妹妹同來。外子也曾開車帶我們人家來此遊玩。他先把大夥在海邊放下，再去找停車位，重物有妹夫提。回程時，老公再開車來接。原來今日是缺了他們兩位幫手。平日，只知怪老公不幫忙，豈知在不知不覺中，他已經照顧了我們許多。

二〇〇一年《世界日報》家園版

一夜鄉心五處同

有一年中文學校學術比賽的演講題目是：我最喜歡的節日。我以家長身份旁聽，竟然發現十之八九的孩子都是以中國新年作講題。大多數的孩子都曾在幼時隨父母回過台灣過年，而這段經歷成了他們永難磨滅的印象。聽著孩子們天真的敘述，辦年貨的新奇，除夕團圓餐的豐盛，放鞭炮的樂趣，收紅包的興奮。聽著、聽著，故鄉過年的種種，瞬間都到了我眼前來。

中文學校的學術比賽大多在農曆新年前的一兩個禮拜，孩子們童稚的聲音在耳邊縈繞，我真的嗅到了新年的氣味。當然，孩子們的講稿都是父母擬的。由此可見，大多數的華僑，都有相同的心情，對家鄉過農曆新年的氣氛難以忘懷。

來美國的第一年，是隻惶恐的菜鳥，遇事不順就躲進宿舍暗流想家的淚，碰到節日就對王維的「每逢佳節倍思親」大發共鳴。艱難的渡過第一個學期，不知不覺就要過春節了，還未來得及感傷，就接到中國同學會正在籌備新年晚會的通知，並請我們女同學們支援燒菜。我跟著經驗豐富的小組長在課餘之暇開會討論，決定菜色菜名、份量多寡、採購計畫等。忙亂中也感覺到了過年的氣氛。除夕夜前，學長就提醒新學生別忘了打電話回家拜年。那時學生宿舍裡的電話是無法打長途的，國際長途電話費用十分昂貴，不是一般窮學生負擔得起的，只能打晚上十一點以後的優惠電話。除夕夜，學長們把一群菜鳥新生接到他們在外面租住的公寓打電話，我撥通電話，叫了聲「媽」，就淚如雨下，我懷念吃年夜飯的溫馨，守歲的期待，還有那連天價響的鞭炮聲。忍下淚水，勉強向家人拜過年，又怕被學長們消遣，匆忙擦乾眼淚。那時的企盼是早日完成學業，好回家重享過年之樂。家人在海峽的那端，同樣在除夕夜殷切思念我這遠在千里外的遊子。

同學會舉辦的新春聯歡晚會，熱鬧非凡，除了豐盛的晚餐，精彩的節目外，還可以分到僑委會送的春聯，貼在房中，過年的氣氛就更濃了。學生時代，就這麼年年在聯歡會中迎接新的一年。

搬到矽谷，這裡是華人在美國的天堂。華人社區，中文學校都有盛大的慶祝活動。每年過了聖誕節，超級市場裡的各色年貨便開始出籠，兒時常見的糖花生、糖蓮子、甘納豆、天使酥心糖、橘餅、柿餅、琳瑯滿目、不輸臺北的年貨市場。包裝得美輪美奐的年糕；桂花、棗泥、紅豆、芝麻，各種口味應有盡有。我會在買菜的時候順手抓些年貨，過年的感覺已抓到了手中。兒時的記憶，也開始在腦際重現。幼時看著年輕的叔叔幫母親把糯米抬到火車站前的磨坊去磨，白色的米漿流到麻布袋中，店家捆綁結實後，叔叔挑著回家。米漿的水分一路上滴滴答答的流著，我跟在旁邊，眼前已浮現出母親在調理米糊、蒸年糕的情景，那剛蒸出來的年糕，又Q又香，我的口水也像米漿水一樣不自覺的流出。

記得父親跟叔叔喜歡吃臘肉，一入冬母親就開始醃肉，接著一條條臘肉就掛在屋簷下風乾。每日放學，望著簷下的臘肉，數著離過年的日子。寒冬的心裡是暖滋滋的。而同時間，父親跟叔叔也在忙著寫春聯買鞭炮，採辦年貨，進進出出的，讓孩子們看得好不熱鬧。

我初三那年叔叔不幸病逝，我們家裡就再也沒蒸過年糕。高中畢業後搬到台北，母親連臘肉也不醃了。然而，兒時辦年貨的種種情形，依然是我最美麗的回憶。

原載《世界日報》家園版

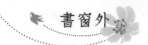

難忘的餅香

往日我上中國超市買菜時，總會買些冷凍水餃或饅頭包子的，不想燒飯時，就湊合著下鍋水餃，或蒸籠包子。不記得什麼時候開始我週遭的朋友，都流行吃手工做的麵食。水餃要吃手工擀的皮；包子、蔥油餅也講究吃手工做的，聽說那家手工擀麵包出的水餃好吃，很快就會在朋友之間傳開來，熱心的朋友還會為大家統籌集體訂購。要把嘴巴養刁很容易，從此我幾乎不買超市裡那些機器製作的麵食了。

某個週六送女兒上中文學校，媽媽們聚在一起閒話家常，提起機製麵食不如手工麵食好吃，買的不如自己動手作。然而這個時代誰有時間自己動手，平日忙工作，週末忙孩子。吃上一頓自己炒的菜都不容易，那有閒暇揉麵擀皮。當大家在七嘴八舌的問誰能把水餃皮擀得又快又好時，好友捷茹說她擅長做各種麵食，但是她不久要入院開刀，等她身體好了，一定做些水餃分送大家。我當時聽了十分期待，她是個熱心腸的人，說出的話決不是信口開河。

捷茹開完刀後，我跟幾個朋友，文一、紀紅、還有幼麗四人去看她。我們帶了蔬菜湯，水果沙拉跟越南三明治，打算與她共進一頓悠閒的午餐。到了她家，她已切了大盤水果，沏了好茶，笑容燦爛的等我們到來。五個人邊吃邊聊，為捷茹的手術順利而慶祝，幼麗高興的還演了一段模仿秀給我們看。將要告辭時，捷茹捧出一個用錫箔紙覆蓋嚴密的大鐵盤，要我們猜猜看裡面是什麼，我隱約聞到麵香，卻又不像包子饅頭，我們都猜不著，捷茹微笑著打開錫箔紙，頓時一陣烤燒餅夾雜芝麻蔥花的香氣滿溢而出，我們四人八隻眼睛都瞪的好大，不約而同的「哇」了一聲。異口同聲的說道：好漂亮的燒餅。捷茹要我們先趁熱吃一個，剩下的分成四份包回家。捷茹做的燒餅非常專業，很像我幼年時在老家七堵街頭賣的烤燒餅。難得的是，每個燒餅都做得一樣大小，五吋長、三吋寬，上面沾滿白芝麻，烤得一樣金黃。我們四人本來都飽了，卻又禁不住那燒餅香味的吸引，遂借了把水果刀分成四份，嚐嚐味道。那燒餅是捷茹在我們來之前才烤好出爐的，再放在烤箱裡保溫，吃起來就像剛出爐一般的熱呼呼。我咬了一口，只覺外皮酥脆可口，芝麻滿口盈香。裡面軟中帶筋，嚼起來十分有勁，看來捷茹揉麵的功夫相當到家。鹹淡適中，不油不膩，出國多年幾曾吃過這麼好吃的燒餅，我們都讚不絕口。捷茹很是高興說她拿手的麵食很多，等她身體大好後，一樣樣做給我們吃。尤其是她和的水餃餡，擀的水餃皮，絕對讓我們吃了終身難忘。我們四人各捧著一包燒餅，笑容滿面的離去。那是去年，一個豔陽普照的六月天，晴空如碧，萬里無雲。

捷茹姓梁，因為外子也姓梁，她稱我為她本家媳婦。大家的結識都是緣起於在日新中文學校作義工。話說此地的中文學校除了老師支薪外，其他所有的校務上自校長，下至指揮交通，都是家長們輪流服務。女兒在日新唸了幾年後，我對自己一向只享權利不盡義務的心態頗為過意不去，漸漸的也開始幫忙打打雜。十年前捷茹負責學術比賽，我負責教務。中校的學術比賽有十幾個項目，分A、B、C、D四組，工作繁重，可想而知。當時捷茹在矽谷最大的公司HP上班，平日家事公事也是夠忙的，而她週末到中文學校辦起事來仍然負責認真，熱情有勁，看得我暗中佩服。我們教務處按例要幫忙聯絡老師，安排出題監考，每幫她一點小忙，她就對我千恩萬謝的弄得我很不好意思。參加義工團隊後，看到許多默默付出的人，我深為感動。然而我天性懶散，一連作了兩任教務主任後，自認對得起我的義工生涯，便重新將日新中校當作廉價託兒中心，周六一早把兩個女兒往那兒一送，就跟老公喝咖啡爬山去了，三個小時後再去接女兒，因此也就很久沒見到捷茹。千禧那年，忽聽說她得卵巢癌住院開刀，我衝進辦公室問詳情，見義工群正在給她寫卡片，我也在卡片上寫了幾句話。據說她手術成功，並無大礙，已回家療養，許多人都去看過她了。我聽了暗叫慚愧，她一向對我那麼好，我卻連她生病都不知道。幾個星期後，送孩子上中文課時，剛走出停車場忽見到捷茹走路巍巍顫顫的，大有一步一艱難之感，我忙過去把她一路扶到辦公室坐下。沒想到我這麼個舉手之勞，又讓她感激不盡，從此把我當做至交。後來她寫了一篇文情並茂的感謝文登在《日新通訊》上，在卡片上簽名問候的人都被她一一點名道謝，對我的順手一扶更格外表揚。這樣一位真性情的人，很容易就跟她越走越近了。

後來捷茹的病似乎好了，又因需要長期療養而自HP提早退休，從此她更投入義工工作，擔任學校籌款主任。學校的籌款小組在她的帶領下，禮卷賣得特別好，每一百元的禮卷，學校有四元的利潤。一年努力下來，居然能為學校籌到五、六千元。學校因此多年不漲學費，號稱南舊金山灣收費最低之中文學校。

矽谷自從網路泡沫化後，許多工作往海外移，先生們大多經常出差，日新中校肯出任校長的變成女多於男。多年前曾被我遊說出來接任教務工作的文一、淑君都先後做過校長，淑君找接班人時便反過來遊說我，還好那時我換了個事少離家近的工作，老大已進了大學，老二也進了中學，就勉為其難的於前年接下了義工校長之職。任內我數饅頭過日子只想快快把一年混過了事，捷茹可就不這麼想，她聯合紀紅、幼麗大張旗鼓的奮力為學校籌款，不但禮券賣的有聲有色，還拉了不少廣告。據紀紅的結算報告，我任內籌到的款數超過六千元。

由於做校長天天得在辦公室守著，義工群閒時就談起了媽媽經，民以食為天，大家的話題很容易就談到吃的上頭去。紀紅教大家做蔥油餅，捷茹說水餃餡不要用現成絞肉，選塊上好的梅頭肉請店裡絞過，剁菜調料拌餡，都有講究。至於和麵，用熱水可把筋燙軟，揉過的麵要醒一醒，擀出來的皮，才會軟而不綿，韌而不硬。口感嚼頭皆佳。我們便計劃，等大家有空了，就來開餃子大宴。

去年八月我卸下校長之職後，在家中開了一場慶功宴，酬謝學校的工作人員，菜是從外面叫的，囑咐大家務必空手來。暑假中，沒有課業壓力，家長孩子都輕鬆。薰風徐徐，大夥談笑風生中，捷茹捧來一大盤自製的銀絲捲，由於剛出籠，麵香猶存，吃到口中鬆軟適中。眾人吃的口齒留香，捷茹說下回再聚時，她再表演另一項手藝。她那日氣色很好，滿臉掛著愉快的笑容，對我們細說她開刀前後的情形，原來她病癒多年的癌症有蔓延跡象，肝上發現了一顆癌細胞，開刀切除後，情況很好，幾個月下來，體力已恢復，醫生說，應該不會再復發了。我想她吉人天相，那麼個熱心腸的人，當然會後福無窮。

誰又料到今年母親節當天，她忽然急診住院，紀紅與幼麗都去看過她了。我與文一、淑君三人慌忙趕去看她，到了病房門口，三人目瞪口呆竟沒有一人認出她來，只見她形銷骨立，就剩下一口氣了。三人走出病房，一股衝動就要抱頭痛哭，她先生追出來向我們道謝，大家忍住淚水，含悲道別。五天後捷茹悽然辭世，可憐她抗癌七年，依然不敵頑強的癌細胞，留下一雙未成年的兒女，中風的母親，梁伯父八旬老翁蒼蒼白髮哀送黑髮人。難怪捷茹死不瞑目，咽下最後一口氣時，雙目流下淚來。沒想到餃子大宴尚未開成，大家就一身黑衣的參加她的葬禮，離去年四人結伴到她家探望時還不滿一年。

依然是個豔陽六月天，看著她的棺木緩緩下葬，我不能明白這樣的一個熱心腸的人物，上蒼為何不多眷顧她一年。我最後一次在學校見到她時是四月下旬，她告訴我癌細胞又回來了，正在做化療，我聽了一驚，她安慰我說，人生死活由不得自己，所以她拼命做義工，事父母至孝，栽培兒女，又幫助先生的家人移民來美，這是她有生之年做得到的。母親中風十數年，年前忽然病危，如今還昏迷在床，但願能為母送終，明年能見到小女兒順利進入大學，也就沒有什麼不放心的了。我聽了眼圈一紅，她說妳看我哪像要死的樣子，說不定化療後，病就好了。而一個多月後，我就在這裡從日新中校送的大花圈上拔下一朵百合花，丟在她的棺木上。我哀痛她兩個心願都沒有完成。紀紅抹乾眼淚對她女兒說，媽媽走了，妳更要努力，阿姨會找人幫妳改論文，幫助妳申請大學。一語驚醒夢中人，死者已矣，活著的人還有很多事可以做，我也可以為她家的人和事盡點力啊！便一改多日來的哭哭啼啼。走出墓園，我彷彿聞到一陣餅香飄了過來。

原載《世界日報》副刊

藍色夏威夷

在德州求學時，曾在校園對街的中國餐館打工。餐館叫長城，正面就漆成像長城般灰黑色的一堵城牆，主要以蒙古烤肉招攬顧客，另外也附帶賣幾色可口的中國小菜。德州邊遠地帶吃得到蒙古烤肉的，只此一家，餐廳生意很不錯。讓我感到新鮮的卻是餐廳裡賣的各種五顏六色的雞尾酒。

老美喝酒很講究，不同的酒，用不同的酒杯，高矮胖瘦，形狀也各自不同。雞尾酒的價格不低，一杯彩色的雞尾酒與一道菜的價錢相差無幾。一般消費得起的客人多半是白領階級，大多是熱戀中的年輕情侶借助酒來曾加羅曼蒂克的氣氛，也有中年夫婦來慶祝結婚周年記念日的。每回碰到叫酒的客人，老闆娘高興，我也會感到莫名的開心，賣酒的利潤比賣食物高得多，喝酒的客人給的小費也比較優厚。我喜歡站在吧台前看老闆娘調酒，看她調出一杯杯色彩鮮豔的雞尾酒，再看她在杯沿嵌上各色的水果，不管是紅色的特奇拉旭日初升，橘色的麥台，淡綠色的瑪格麗特，乳白色的披拉可拉多，水藍色的藍色夏威夷都美麗的叫人心醉。送到衣冠楚楚的客人手中，女士優雅的輕抿一口，發出滿意的微笑向我道謝，男士裝著紳士般的風度掛著淡淡的笑意，深情的凝視著坐在他對面的心上人。打工的我忙進忙出，數著小費也不亦樂乎。

下工以後，我乘著月色走回宿舍，眼前不時晃起一杯美麗的雞尾酒，葫蘆形的高腳酒杯，盛著水藍色的液體，一只傘柄上串著櫻桃鳳梨塊的小花紙傘，插在浮在藍色液體的冰塊間，杯沿坎著橫切的一片柳丁，那是一杯叫藍色夏威夷的雞尾酒。我多希望我的手上能握有一杯，然後學起李白來「舉杯邀明月」，或學那蘇東坡「把酒問青天」。

我自幼對酒沒有什麼好印象，幼年時隨父母喝完喜酒，常見酩酊大醉的客人趴在水溝邊吐。母親常告戒我種種喝酒的壞處，讓我對喝酒一道敬而遠之。長大後由於喜歡附庸風雅，學習書畫時結交了不少同樣愛好藝術的朋友，他們大多愛酒，大夥聚在一起說古論今時喝一小杯竹葉青，吃點滷味，師姊妹們有著李易安的「東籬把酒黃昏後」的雅興，師兄弟們頗有王安石「把酒祝東風」的豪情。我在他們小飲無大礙，只不要借酒裝瘋的勸說之下，抿上一兩口，也有醺醺然，俗慮一空，興起「天生我材必有用」的凌雲狀志。

離家在異鄉求學，拮据的經濟情況下，捨不得花錢喝雞尾酒，再則一人自飲自酌，實在無法學李白的瀟灑。有時燈下苦讀，想起海峽彼岸溫暖的家，望著書窗外榆樹枝椏間灑下的月光，更加思念父母弟妹。我會希望手上有一杯藍色夏威夷，握著它對月吟風，然後喝的微微的醺，唱一曲「今宵酒醒何處，楊柳岸曉風殘月」來反應我離鄉背井的悽涼心境。

後來我結識了外子，在他的噓寒問暖下稍解異鄉遊子的傷情。我向他提起美如夢幻的各色雞尾酒，尤其是那最美麗的藍色夏威夷，就像夏威夷的海水一樣湛藍，散發著南國的風情，他竟然提議請我去長城品酒吃飯。正巧那時長城為了招攬生意，增闢了下午四點到六點的快樂時辰，所有的雞尾酒半價。這對我們窮學生來說，正是值得一試的機會。

一個週末的黃昏，我們也學起洋人穿戴整齊到長城去晚餐。我如願的叫了一杯藍色夏威夷，他叫了麥台，餐館迷濛的燭光搖晃在酒杯上，藍色的酒液綻開來好似夏威夷碧藍的海水蕩漾著微波。窮學生去享受一頓精美的燭火晚餐，在當年算是奢侈的。然而能在窮困中作樂，卻成了日後美好的回憶，畢竟我們也曾浪漫過。我卻沒料到香甜微澀的雞尾酒竟然會有那麼強的後勁，喝了大半杯後，我開始覺得頭昏，一頓飯還沒吃完就撐不住突的趴在桌上昏睡，坐在對面的外子驚問：妳酒量怎麼這麼差！來添茶水的老闆娘見了大笑道：妳難得來吃飯，我還想請妳喝一杯女客最愛的披拉可拉多呢！但是我已沒力氣跟她說話，也不想再喝酒，只想好好的睡一覺。自打工以來，常見客人喝了 杯甚至兩杯酒仍能態度從容，步履輕盈的離去。而我卻這麼不濟事，連想學一次高雅都學不來。精神稍微恢復後，外子扶著我橫過校園，回到宿舍，一次浪漫的約會結束在我微醺後的昏昏欲睡中。

婚後忙於家庭與工作，從尋夢的青春步入經營現實生活的人生。這幾年孩子漸漸長大，我與外子也慢慢再有了自己的時間，偶爾倆人出去用餐，想起當年往事，禁不住失笑，也會懷念那段打工歲月，思念和藹的老闆夫婦。但怪的是矽谷的中餐館沒有一家賣雞尾酒的，就是西餐館也沒有一家賣藍色夏威夷。想要再喝一杯的願望，仍然是我藍色的夢幻。

原載《世界日報》副刊

活出閒情逸趣

忙碌的人生，偶而空閒下來，做做自己喜歡的事，沉浸在自己的興趣中，享受無限的快樂，應該是最幸福的。然而一般的職業婦女，每天有忙不完的家事公事。平常又一切以孩子為重心，好不容易擠出時間陪她們看卡通影片。進了戲院，已經累了，恍惚中閉目就睡著了。全家到舊金山去看場音樂劇，或芭蕾舞，我也會把自己弄得緊張兮兮，急忙打點完一切，再匆匆忙忙的出門。因此只好計劃，趁年輕時，努力工作存錢，快快把中年熬過去，一切興趣等退休了再說。

上班族還有一樁苦差事，就是燒晚飯。但是吃飯皇帝大，一家人在一起吃晚餐是多麼的重要。但對職業婦女來說弄晚餐確是費時又費力。有位朋友很會燒菜兼又好客，三不五時的燒一大桌子的拿手好菜開派對。我看在眼裡都替她感到累，她卻告訴我只要事先規劃好，並不會累。何況燒菜是她的最愛，調裡各式各樣的菜餚，往往樂在其中。尤其是看到親朋好友吃得開心，她就覺得很快活。她的一番話使我想起，幾年前妙境法師說過類似的話來。

法師為了覓清靜的地點開佛學院，應弟子們要求，將道場自矽谷灣區搬到偏遠的新墨西哥州山上。他回到灣區講經，需要坐四個鐘頭的車去搭飛機。往返八個鐘頭的車程外加等飛機坐飛機。在我看來，實在很浪費時間。有一回，我問師父這樣往返奔波累不累，師父合掌微笑不急不徐的說：你不要想你是在坐車、就不累。是了，他行住坐臥都可修行，時間的長短快慢，對他來說是沒什麼兩樣的。後來我學著在週末預先規劃準備平常五天的菜，下班做晚餐就不再那麼手忙腳亂了。

曾經有弟子問妙境法師，他工作很忙，為了學佛修行要作早晚課，忙不過來，煩得要死。師父笑道：既然沒有時間，為什麼要作呢？學佛是要學解脫自在，你的時間也只有你自己可以安排。再說你有沒有作早晚課，也只有你自己知道，你不說，誰會知道呢？

這番話給了我很大的啟示，其實我的忙也多半是自找的。凡事換一個角度看，尤其是改掉怨天尤人的個性，灑掃庭除、澆花養草、燒飯洗碗，也另有一番情緻。一但騰出空閒，陪孩子做小西餅，烤蘋果派，母女三人也覺樂趣橫生。

兩千零一年，經濟一向強勁的矽谷，忽然受到網路泡沫化的影響，高科技產品銷不出去，導致家家減低生產。原來天天都忙得像戰場的公司，步調放慢了，我大約有兩三年的時間，每週只上三或四天班。不上班的日子，早上送孩子上學後，泡杯熱奶茶，讀書閱報，非常愜意。下午接回孩子，從容的做一頓色香味俱全的晚餐。擱下多年的寫作禿筆，畫筆也有空拾回。又學會了養蘭花，粉紫白黃，開得滿室生香。我體驗到人生有閒情真好，可以細細的品味生活，其中的樂趣是無窮的。

女兒長大了，週末多半都有自己的活動，不再喜歡全家一起出動。起初，我頗有失落感。幸虧先生想得開，週末拉著我去山上的酒莊品酒，或去爬山踏青，或去海邊看海。我發現放長假時，出城旅遊固然愉快。但矽谷近郊，有山有水，好玩的地方很多。到附近的風景區去走走，接受大自然的洗禮，沉澱平日的雜亂心思，也自然覺得悠閒快活。

其實閒暇可以自己去發掘，細心經營，利用時間，也能忙裡偷閒，放鬆自己。人生無常，隨緣隨份，活在當下最重要，時間可以自己安排，不必凡事等著退休再做。生活的腳步，也能因用心規劃而放慢，讓自身活在閒情逸趣中。

原載《世界日報》家園版

看海

北加州的一號公路延著海邊，在半山腰上依山面海而建，一路峰迴路轉，風景壯麗。車開在數丈高的海岸公路上，俯視瀚海波濤，浪打礁岩，那會讓人自然的心胸開朗，把所有的煩惱都抛到九霄雲外去。

暑假中，為了招待三位遠道而來的朋友，我們開車到蜿蜒的一號公路上去看海。北加州的夏天，晴空萬里，湛藍的天空映著碧藍的大海，入眼便讓人心神一振。我們翻過矽谷西邊的山嶺，來到了沿海建築的一號公路。聽說那兒沿途有四個海岸公園，風景各有特色。若非是陪朋友，我竟然從沒動過遊覽的念頭。

鵝卵石海灘

開到一處海岸公園，我們下得車來，順著石階攀下海岸。訝異的發現此處的海邊是岩岸，與一般北加州的白沙海岸大不相同。海邊沒有白色細沙，卻是一大片各式各樣的鵝卵石，灰色，白色，咖啡，淺棕，淡橘，黑藍，暗綠，密密麻麻縱橫交錯，層層疊疊的散落在海灘上。我們踩在鵝卵石上，一腳高一腳低的，雖覺舉步艱難，卻覺頗為刺激。大家都是頭一回見到這麼大片、這麼寬廣到處皆是鵝卵石的海灘。大大小小的石頭順著斜坡一路高高低低的鋪入海水中，鵝卵石海灘的背景是一片風化岩，峻峭奇險，好一堵美麗的斷崖。岩壁頂上是青綠的草坪，遠處是植滿紅木、蒼松、冷杉的高山。青山碧海，風光旖旎。我們異口同聲叫道：這裡好漂亮！

三位遠客忙著拍照，外子趕上前去替他們拍合照。我蹲在地上撿起一顆灰色有著白色花紋的石頭，猛然看去、白色花紋好似幾道瀑布自山壁上流下，山澗中的溪水悠悠的向兩旁流去，竟似一幅意境高遠的水墨畫。我正當寶貝般的握在手中，卻見其他的石頭更精采，一塊白色的石頭中間嵌著一隻深灰色的馬靴。另一塊淺灰的石頭上，竟有一隻橘紅色栩栩如生的鳥，鳥的上方是一片暗綠的樹影，我真懷疑這塊石頭是人造的，我很想把它搬回家去，無奈石頭太大，搬運不易。另外還有像駱駝、松鼠、卡通人物的圖案。我還發現有些石頭經過浪花的長期擊打，竟穿出許多大小深淺不同的洞來，沒想到滴水真能穿石，這不知是經過海浪多少年的自然雕琢，而成就了一件奇特的藝術品。我像發現新大陸似的一面觀賞、一面叫同伴們來看，同伴們與我一樣的驚喜。外子撿起兩粒渾圓光滑沒有一絲雜色的卵石，一粒淺藍色，較大像極了鵝蛋。一粒淡橘色較小，像極了土雞蛋。我驚嘆道：台灣的玩石專家真該來這兒找石頭。我正打算要帶幾顆回家時，外子卻指著遠處崖壁上的警示牌，上寫著不准移動海灘上的石頭，違者重罰。我看後，滿腔興奮，頓如洩了氣的皮球全洩掉了，卻仍捨不得把手上的石頭放回去。繼而一想，倘若每位遊客都搬幾塊走，此地的鵝卵石早就被搬空，而我們見到的將只是浪打空灘了。縱是心中仍有些不甘，我還是悻悻然的將石頭慢慢放下。

從小我就喜歡收集與觀賞石頭，偶然撿到一塊漂亮的，便如獲至寶。有一回電視上介紹張大千大師的奇石收藏，我看了羨慕不已。後來摩耶精舍開放參觀，門票需要預定。母親特地訂了兩張票，帶我前去參觀。記得那日，我與母親擠坐在公車上，一路顛顛簸簸的來到外雙溪，再擠在人潮中進入摩耶精舍。我羨慕大師的收藏，也尊敬他的藝術成就，更愛那精舍的幽雅環境。梅丘上秀麗精緻的太湖石，園中俊逸的梅樹及各形各色的奇花異草，處處令人流連忘返。更難忘的是與母親在一起遊玩了一天。母親是忙碌的職業婦女，能與她獨處一天是非常難得的。那一日，我整天洋溢著幸福快樂，至今回味無窮。

今日無意中在海邊欣賞了未經人工處理過的大片鵝卵石，雖不能擁有，但我腦海中又將留下一幕美麗的記憶。

礁石鳴琴半日閒

開車來到Pescadero Point。意外發現那裡的景色非常特殊，海邊滿是棕黑色的珊瑚礁，嶙峋羅列。不遠處的小海島上，棲滿了各種海鳥。岸上的岩石陡峭崢嶸，忽而往上凸，忽而向下凹，有一層一層往下走的天然階梯，也有光華如鏡的平台，地上更多凹凹凸凸佈滿大小坑洞的巨大板塊，那是經過地殼變動自海底浮出海平面的珊瑚礁。走在上面，恍如遊走在海底世界。除了沒有美人頭，景色不輸野柳。那些岩石，若發揮自己的想像力，運用應物像形的道理，會發現許許多多的人和物。一塊似人在太打極拳的高聳巨石，像極了朱銘的雕刻作品。一片濱海的平台上，兩塊被海水磨得光亮如洗的大石，一塊尖圓，一塊橢圓，活像一顆大仙桃與一顆大奇異果擺在一個果盤上。你也可以看到，像海龜的，像老鷹的，像仙人指路的巨石。我去過十七哩黃金海岸多次，那兒卻沒有一處能比得上這兒。

客人忙著去照相，我坐在一塊岩石上看海。浪花打在礁石上，馬上形成無數個小瀑布，順著礁石的凹處緩緩流下，又流回海中。浪花一個個的打來，小瀑布不斷的形成又消失，消失又形成，非常有趣。偶而一個大浪排山倒海打來，浪花激起千萬水珠，隨即像驟雨般急落而下，打在礁石上頓如裂帛之聲，繼之而起的是嘩啦嘩啦的瀑布瀉落聲。浪花瞬息萬變，人生也一樣禍福難料，得失難量，今日能在此聽礁石鳴琴，看海浪波濤，也是一樁樂事。

沒想到離居處不過四十英哩，竟有這樣一處迷人的礁石岩岸。國慶假期中，此地居然遊人稀少，在那奇岩聳峻，碧海皓瀚的美麗景色中，我靜靜的沉思，因工作而緊繃的壓力頓覺舒解，釐清雜慮的頭腦備感輕鬆，原來人生的樂趣竟是這般的垂手可得。

走了半天大家都有點累，此時若能找一家咖啡店，進去喝一杯咖啡，吃一客甜點，大伙再上下古今的閒聊幾句，那才真是完美人生呢！奈何前面是大海茫茫，後面是青山隱隱，一號公路伸展到天際，兩旁除了青草黃土外，連來往的車輛都不多。咖啡店不會在此做賠本生意，我卻不放棄的對友人說：走，回家煮咖啡去。

原載《世界日報》家園版

樂石小記

出外旅遊，買一塊石頭做記念品成了我多年來的習慣，不知不覺中，我收集的各色石頭早已琳瑯滿目。茶几上的水晶果盤中裝的是玉石水果，壁爐台上放的是壽山石雕，翠玉雕屏；櫥窗裡各式各樣的印章石材除了壽山、青田、雞血石，還有玉石跟瑪瑙。知道我喜歡石頭，親友見到好看的，也會買塊來送我，石頭愈收愈多，也越成就了我的收藏癖好。這些石頭存在著我少年時代的夢想，裡面包含著父母之愛，兩位恩師的教誨，還有朋友之情。

猶記得，高中畢業時父親送我一方半透明白中帶紅的印石，並帶我去刻印章。父女倆到衡陽路的印鋪去刻印，我看到篆刻師掛在店裡的篆刻作品，當下便有驚豔之感，也讓我第一次認識到篆書之美。篆刻師刻印是論字計酬，索價不菲，還記得當年是四十塊錢一個字。刻一方四字之印的價錢大約是我一個月的零用金，看到父親笑咪咪的付了訂金，我心中好痛，暗怪太昂貴。當年我家經濟並不寬裕，只因我畫國畫，想要一枚篆刻名章，父親愛女心切也顧不得破費了。後來我獨自去取印時，又在店中徘徊半日，對店裡瑩透溫潤的壽山石愛不釋手。看到牆上掛的印譜上的藏書章，齋館印，及閒章等，更欣賞萬分。很想擁有一枚藏書章，卻花不起錢，忽然動了學篆刻的念頭。學會篆刻，起碼能為自己刻一方藏書章。

一日，我到國軍文藝中心看畫展，偶然見到文藝中心篆刻班招生的廣告，大喜之下立刻報了名。教篆刻的老師是當代的金石名家——祝祥教授。祝老師幽默風趣，談起金石學來滔滔不絕，不但讓我認識了三代金文，更領略到印石之美。聽他搖頭晃腦的解釋什麼叫「吉金樂石」，吉者、堅結之意也；樂者、言其質之美也。老師喜歡玩石頭，手上總是握著一方印石，在那不斷的把玩，他戲稱喜歡美麗石頭之人叫樂樂石人，又將住所取名「樂石山房」，他玩世不恭的行事作風，過的是快意人生的愜意生活。我羨慕之餘便有樣學樣，將平日省吃儉用攢下的零用錢買了一方淡青色有水綠紋路的青田石，握在手上捏揉撫擦，不但快感十足，也初具樂石之人的架勢。

為了把印刻好，我再拜在王北岳教授門下學篆書，王老師非但在書法上有獨到的研究，他也是篆刻名家。老師收藏豐富，古璽今印，收在一盒盒製作精美的錦盒中，他每打開錦盒總會讓人眼睛為之一亮，有色澤鮮麗的芙蓉石，瑩膩透明的魚腦凍，紅艷奪目的雞血石，晶瑩剔透的田黃，翠綠欲滴的碧玉，看得我目眩神迷，眼界大開。老師的石頭除了質地好，還多半雕有古意盎然的肖形印鈕，或立體或浮雕或薄意，讓我深深的體認到石刻藝術之美。

此後課餘之暇與同門學印而結識的好友一起切磋藝事，結伴逛印鋪，欣賞石頭，成了我最大的消遣。北岳師門下有幾位做印材生意的同學，對我們同門之人特別優惠，我陸續又買了幾塊石頭。之後又從祝祥師那學會了水磨打蠟的方法，因此也會買些廉價的原石，自己來加工打磨。為了不浪費石材，我也學著利用石頭凹凸不平的那一頭來刻鈕，在寬扁的石頭上刻浮雕或薄意。

剛鋸下來的粗石，要用粗砂紙磨平，我家附近松山煙廠的水泥圍牆正是最適用的天然砂紙。我常在夜深人靜時去磨石頭，有一回被父親發現，把我訓斥了一頓，從此再無法溜出去磨石。後來為了將石頭加熱打蠟，又燒穿了母親一只鍋子。這時父母對我每日在那操刀刻石，漸生反感，我適時為他們刻了一對印，一方面討好雙親，另一方面也借此展示我學習的成果。沒想到父母拿著我為他們刻的印到處去現寶，引來許多長輩向我索印。從此我用我尚未成熟的刀法與章法為父母刻了不少應酬印，我刻的印章成了他倆送朋友的最佳禮物。母親為了獎勵我，買了一方通體透明的紅瑪瑙印材送我，後來又托人從花蓮帶來一對玉石。我們刻印用的是軟石，瑪瑙與玉雖美卻無法湊刀，除非用電刻。一般篆刻家多半不用玉石作印材，僅做收藏觀賞用。母親的餽贈雖不能用刀，卻開了我的收藏之始。

那時的我正是少年十五二十時，不識人間愁苦卻有的是夢想。我也曾夢想成為篆刻名家，更夢想擁有許多石頭。大三以後為了準備出國，漸漸就不常刻印了。出國前分別向兩位恩師辭行，祝老師送我一枚「日利」的閒章，祝我日日吉利。王老師為每位門生都取有別號，所有學生都是子字輩，他為我取字「子悅」，臨行之時送我一方子悅之章，鼓勵我不要放下書畫篆刻。

出國唸書時，行囊裡帶著我所有的寶貝。我最早的那方印章及母親送我的玉石瑪瑙，以及兩位老師送我的印都一直帶在身邊。工作多年後，經濟漸漸寬裕，我在矽谷的集古齋裡陸續買到荔枝凍、巧色紅白芙蓉、菊花玉瓶，還有一塊雙鷺荷花的浮雕，從上海買回秋蟬戲瓜，蘇州帶回花鳥玉雕，南京帶回雨花石，收藏上已圓了當年之夢，卻因公私兩忙，已有二十幾年不曾刻印。雙親與兩位老師都已辭世，午夜夢迴，仍難忘當年在那方寸大小的印石上，絞盡腦汁在章法上尋求萬千變化的癡迷。看到櫥窗中的收藏，眼前又浮現起父親第一次帶我去刻印的情景，還有母親下課回來興奮的拿出瑪瑙印，對我說：「看！媽媽買了什麼給你。」耳朵邊彷彿聽到祝老師四川腔調的詼諧語氣，及王老師口若懸河的教書聲。那是一段多麼美好的日子，多麼的讓人想念，我又淚眼模糊了！是思念父母恩師的感傷，而心中卻盛滿著無限的溫馨。

原載《世界日報》副刊

鄰里溫情

自從經濟風暴襲捲全球，失業人口增加，相對的犯罪率也升高。數日前收到鄰居傑克發來的伊媚兒，警告大家要提高警覺。因為靠近大街的一戶鄰居於清晨五點適巧醒來，驚覺大門口有怪聲，立刻打九一一，正想撬門而入的宵小發現室內有動靜後，即刻逃走。傑克又發動大家守望相助，見到可疑人物，立刻互相通告。

記得十幾年前，我住在西聖荷西時，在感恩節前的週六晚上，鄰居祖高生先生匆匆趕來通知我們，他們家在全家出門用晚餐的幾個小時之內竟然遭到歹徒自後院破窗而入，洗劫了所有的首飾。當時他小兒子剛出生不久，抽屜裡放了很多親戚朋友送的紅包，幸虧歹徒不識紅包竟然一個也沒拿走。他知我們感恩節要出門度假，要我們不要留貴重物品在家。祖先生報了警並盡可能的通知所有住在附近的鄰居，感恩節時，我在出門前把所有貴重的細軟打了一個小包藏在車後行李箱的一角，外面放置個人裝衣物的行李箱，一路無事，全家平安回到家。一進門果然看到家中所有的櫥櫃大開，衣物散亂一地，我們有一個裝零錢的筒子不見了。

我們還來不及收拾，赫見警察已來到門口，後面跟著某位鄰居太太。原來她也剛度假歸來，發現遭竊，立刻報了警。她知我們也出門去了，要警察過來察看。同時又有另兩戶鄰居歸來，也發現同樣情形。因為祖先生向我們預先示過警，所以大家的損失並不大。否則我結婚時母親及婆婆給我的金飾，還有兩個女兒出世時，親戚們為她們打的金鐲、金牌等都要泡湯了。那次遭竊之後，我將所有貴重物品都鎖入銀行的保險箱。至今我對祖先生的熱心仍舊感激不盡，他當時遭竊後，放著自己的損失不管，第一件想到的事就是向所有鄰居示警，幫助大家預防並盡可能的將損失降至最低。這種凡事先想到別人的精神，真令人敬佩。

我一生中受到鄰居的幫助很多，最難忘的是大女兒五歲那年，父母剛移民來美不久。一日，母親帶著女兒於黃昏時分出門散步，竟然失了蹤影。我與先生開車在社區中轉來轉去遍尋不著，父親急得在門口踱步翹望。隔壁與對面鄰居，見我們形狀異常，相詢之後，也立刻開車去幫忙尋人。到了八點多，三路人馬皆無所獲，我們便報了警。西聖荷西的治安非常好，多年來從未有過犯罪事件，所以沒多久巷子裡就停了十幾輛警車。警察囑咐我們在家等候，尋人的事交給他們，然而警車來來去去多時，卻沒有一輛找到人。這時左鄰右舍都被驚動了，紛紛前來慰問。住在後面巷子裡的一戶老外說她得知消息後，已通知在地方電台工作的女兒將祖孫走失的新聞播送出去，希望有善心人士看到她們立刻通知警方。她告訴我們若到午夜還未找到人，新聞會送往全加州的電視及電台播放。若一夜都沒消息，祖孫失蹤之新聞將會在全國的電視網播出。原本心焦如焚的我被她的熱情燃起了一線希望。然而到了午夜，十幾路警車都徒勞而返時，我幾乎哭斷肝腸。失蹤了五六個鐘頭，希望點點破滅，假如她倆有什麼不測，叫我們一家人將如何自處。鄰居幾位太太怕我想不開，一直守在我身邊，不停為我打氣拭淚。幾位男士也一直陪伴著父親與外子，在那心驚膽戰的夜晚若沒有鄰居的支持，我們的情況更不堪想像。

或許真是活菩薩出現，半夜十二點多竟然接獲母親打來的電話。原來她倆出門散步，不知不覺的就迷了路，繞來繞去也找不到家門，母親只好往燈亮的大街走，期望能碰到一家中餐館，好進去借電話。因此就越走越遠走到了三、四英哩之外的西門購物中心。也是她倆運氣好，正巧在那開珠寶店的一位老中，當天因加班結帳弄到半夜，要開車回家時碰到了她們。找回她倆，大家喜出望外，唯有警察們搖頭嘆息錯失了立功良機。

人世間常有意想不到的災難發生，而能夠就近伸出援手的便是鄰居。我深深體會到鄰里之間能夠守望相助，定能造就和諧社區，進而產生安定的社會。畢竟遠親不如近鄰呀。

原載《世界日報》家園版

咖啡情思

小時候沒喝過咖啡，咖啡的名詞只有在小說裡看到。那時對喝咖啡的感覺是羅曼蒂克的、高級的一種享受。唸高中時，有位客人送來一套精緻的咖啡禮盒，有一瓶即溶咖啡和一瓶奶精，美麗的包裝讓人看著捨不得去喝它。也不知放了多少時日，直到天氣轉涼了，母親忽然想起了那套咖啡。她去買了些小西點，在那日午後，為我們每人泡了一杯熱騰騰的咖啡。

我們三姊弟歡天喜地的圍坐在家中唯一的餐桌上，品嚐我生平的第一杯咖啡。母親在中學時代，因為外祖父母到上海做生意，曾在十里洋場住過幾年。她後來自日本留學回國便在上海工作，直到與父親成婚撤退來台，才離開上海。母親是懂得喝咖啡的，一秉她當年的海派作風，喝咖啡一定要配西點，並且放鬆心情與我們講些當年上海灘的景物與掌故。母親調的咖啡加足了奶精及砂糖，很適合我們這些孩子們的口味。我永遠記得那天聞著咖啡的撲鼻異香，喝下生平第一口咖啡，嚐到那香甜濃醇的滋味時，忽然覺得我們的生活品質提升了，自己好似飛上枝頭做了鳳凰。在那樣的氣氛下，自然而然升起溫馨無比的幸福感。

出國唸書，抱著對喝咖啡的憧憬，總想有杯香濃咖啡伴我寒窗夜讀。由於不懂得煮咖啡，經同學推介買來即溶咖啡，卻泡來泡去都泡不出母親的味道。研究所畢業，到矽谷工作，每天早上辦公室一角飄來誘人的咖啡香，我常常忍不住去倒一杯，卻怎麼處理都不好喝。糖加得少，喝來酸苦，加多了又甜得膩人。一杯咖啡喝上兩口，大半都倒掉了，我對這洋人的飲料漸漸就不敢恭維，還是喝茶方便得多。

多年後，父母移民來美。帶母親上超級市場買菜，我們被飲料部門咖啡豆飄出的芳醇無比之香味所吸引。忍不住買了各種咖啡豆，陪母親磨豆煮咖啡。週末的早晨，我們一家剛起床，母親就已煮了一壺咖啡等著大家吃早餐。一早起來滿室繚繞著咖啡香，聞得讓人心曠神怡，喝得讓人暖洋洋，母親調的咖啡終究比我自己調的強多了。

父親急病住院時，我跟弟弟輪流守夜。每天早上弟媳陪著母親來接班，我們三人多半會到醫院餐廳一起用早餐。叫一杯咖啡配一客鬆餅。在氤氳的咖啡香氣中，母親訴說年輕時的父親轉戰南北，歷盡艱辛，戰績彪煥。退伍後致力研究哲學，勤力著述。以他的毅力，一定會戰勝病魔。那段日子，靠著咖啡的香味，讓我們在谷底的心情得到平靜。靠著咖啡因的作用讓我們的頭腦在驚慌懵懂中勉強能夠思考。

父親終究沒有打贏最後那場仗，他安靜的走了，留下了不願接受事實，日日回憶往事的母親。為了怕母親想不開，我們姐弟盡量帶她旅遊，為她排遣寂寞。那年暑假，我們一家人陪她去逛舊金山。瞻仰過舊金山酷似華府國會的市政府大樓後，我扶著母親一路走到Hyatt Regency，登上它頂樓的旋轉餐廳去喝下午茶。我們叫了咖啡，點了起司蛋糕。旋轉廳面對舊金山灣，居高臨下視野廣闊，海灣美景一覽無遺。它配咖啡的糖是一根小木棒沾滿了晶瑩的碎冰糖，頗為奇特。細緻的咖啡杯配上白磁小碟，咖啡熱氣裊裊升起，濃香襲人，我為母親加入奶精，她緩緩的攪拌，聞了一口，真香！母親臉上漾起了笑容。廳裡裝潢雅潔，廳外的景色從宏偉瑰麗的金門大橋，轉到了白帆片片的金山灣又轉到了氣勢雄偉的海灣大橋。旋轉廳轉得很慢，我們可以細細欣賞金山灣的景色。那兒的咖啡很好喝，奶精新鮮，冰糖清香，調和起來不苦不膩，慢慢品嚐，我們真的沉醉在一種瀟灑優閒的享受裡。

或許是從小根深柢固對咖啡的好印象，還有串串喝咖啡的美好記憶。如今我也能調出適口的咖啡了，何況每喝咖啡，又能順便回憶一段往日情懷。

原載《世界日報》家園版

叔父的心事

從我有記憶開始，我們全家人都有同樣的一個心願。母親尤其最為熱衷，那就是期望父親在台灣唯一的親弟弟早日娶房媳婦。母親鍥而不捨地為他相親，可惜叔叔交一個吹一個。有位蔣阿姨，是叔叔交往得最久的女朋友。記憶中她長的很美，中等身材，捲髮及肩，常穿一件連身大花裙，踩著時新的高跟鞋，挽著一只美麗的小皮包。她是母親的同事，母親對她非常中意，中學老師的職業最適合於家庭不過。蔣阿姨對我非常好，跟叔叔約會的時候多半要叔叔帶著我，那時我才四、五歲成天在他們身邊作小電燈泡，跟著她們看電影逛公園。每回跟他們出門時，母親都會交代我們要回家吃晚飯。愉快的玩了一天，回到家中，母親端出拿手好菜，蔣阿姨與我們一家一起享用一頓香味撲鼻的晚餐。眼看著兩人已該論及婚嫁，母親也著手辦喜事，找房子，看傢俱。買來大紅龍鳳被面，要為他們訂新棉被。不知為何，叔叔忽然使出拖功，不但週末借故應酬不回家。還常無端的與蔣阿姨吵架，一搞幾個月避不見面。還記得蔣阿姨向母親哭訴的情景，也記得母親數落叔叔的情景。蔣阿姨對叔叔很癡心，一等數年，但叔叔就是不願意結婚，終於與她攤牌，還勸她接受其他的追求著，真是枉費了母親的一片心。蔣阿姨賭氣另嫁他人，母親帶著我去喝喜酒。披著白紗的蔣阿姨更美了，母親雖已死了心，卻忍不住嘆息叔叔沒有福氣。

此後叔叔也拒絕相親，下了班就逗著襁褓中的妹妹玩。我滿六足歲的那一天，弟弟出世。從此妹妹也跌價了，叔叔整天抱著弟弟。弟弟學走路時，叔叔用領帶綁著他的腰部，在後面亦步亦趨的跟著。看在母親眼裡，不免又要嘮叨他，早該成家生子，也用不著成天抱著姪兒玩。叔叔疼愛弟弟，倒也努力著不冷落我與妹妹，常常帶些鉛筆橡皮回來送我們。一直到叔叔過世前，我們姐弟三人的文具都是叔叔買給我們的。

那條龍鳳被面一直被母親小心翼翼的收藏著，定期還要拿出來曬太陽。家裡沒有一床漂亮的被子，我建議母親把它用了算了。母親才捨不得，總正色的說：這是留給叔叔結婚用的。

叔叔的婚姻一年拖過一年，母親開始數落父親不管事，耽誤了弟弟。她更常對我們洗腦，如果叔叔成家，我們家不但有一門親戚可以走動。而且新嬸娘若生下一兒半女，我們就有小弟弟或小妹妹了。因此我們更向母親靠攏，群起逼叔叔相親。

我上初三的那年春天，眼高於頂的叔叔總算願意訂婚了。母親高興的拿出積蓄來打金飾，買布料，備下四色禮物陪著叔叔去下聘。我因為聯考在即，週末要參加學校的模擬考，錯過了叔叔的訂婚宴。弟妹吃完酒席回來，興奮的對我描述新娘子是如何如何的貌美。父親每天笑口常開，看黃曆，挑日子，訂下了八月裡的一個黃道吉日。母親計劃等我考完聯考，要帶我們三人去做新衣服。弟妹將做花童，我雖然半人不小的，也能安排個小儐相。我們全家一起歡天喜地的編織著美夢。

訂婚之初，叔叔還常去看未婚妻。後來就藉口工作累要在家休息，再就託辭說就要結婚了，希望能多跟我們聚聚。到了五月底，他竟然對母親提出要退婚。全家大驚，母親極力反對，父親也拉著叔叔講道理。我沒見過新娘子，不知該說什麼，倒是那兩個小鬼學著母親的口吻數落叔叔說，那麼漂亮的新娘子，你為什麼不要。叔叔說捨不得我們三個。我們異口同聲說：我們長大了，不需要你帶我們玩了。叔叔面色沉重的回房。次日，叔叔下班後沒有回家。母親以為他賭氣，留宿在任職的市政府之單身宿舍裡。母親因為怕他在外應酬亂吃傷身體，多半要他回家，偶而叔叔事忙會預先告訴母親留宿宿舍的。他不告未歸，卻是前所未有的事。那時沒有電話，交通又不便，母親只能等次日用學校的電話打到市政府詢問。一家人擔了一夜的心。

次日放學回家，母親告訴我們叔叔到榮民總院檢察身體去了。母親一早打電話到市政府，同事們說他去榮總看病。中午母親收到叔叔寄來的限時專送，說榮總要他留院，立刻通知了父親，父親已趕去榮總為叔叔辦住院手續了。那晚父親很晚才回來，一向樂觀的他，反常的深鎖雙眉。我們弄不清楚叔叔為什麼要住院，他除了鬧著要退婚，完全看不出來有什麼問題。

那個週末，我們全家去榮總看叔叔。叔叔聽說我們來了走出來迎接我們，我們三個孩子迎上去挽著他的手臂穿過醫院長廊，走進他的病房。叔叔坐在床沿問我的功課，他一科科的詢問我聯考準備的情形，那兩個小的嫌病房中無聊，早跑到外面的柳樹下去玩耍了。沒多久，兩人竟然哭鬧著進來，跑到叔叔面前互相指控對方。父母見了怒叱，兩個不懂事的混帳，叔叔在病中，竟然在叔叔面前打起架來。那日叔叔的氣色很好，我們姐弟三人實在看不出他有什麼病。平日兩小打架是家常便飯，一向都是叔叔把他們擺平，我當時也不懂爸媽為什麼生那麼大的氣。離開醫院前叔叔一直叮嚀我努力用功，把握最後的衝刺。

接下來的日子，我幾乎天天在模擬考複習考中度過。學期即將結束，母親要出期末考題、結算成績，也忙得不可開交。爸爸每天下班都去看叔叔，陪叔叔吃完晚飯才回來。媽媽再不提叔叔的婚事，還對我們說叔叔那麼疼我們，他不肯成家，我們長大後要好好的孝順他。我們三人全不答應，我們盼望那場婚禮，指望將來有堂弟堂妹。母親搖頭嘆息，在燈下改她的卷子。

六月二十一號我參加完初中畢業典禮的那一天，與幾位要好同學走回家。因為我家離學校最近，同學們難捨難分，想到我家玩一會。途中忽見母親一路哭著走來說：叔叔死了，榮總剛打電話到學校來，爸爸已經趕去醫院了。

我聽了不可置信，開什麼玩笑。叔叔才三十八歲，我們不是一直在等他出院辦喜事嗎！等考完聯考後，母親要帶我去做紗裙，我要當小儐相，那是我十幾年來最大的夢想。母親重複說道，叔叔真的死了。我渾身一震，放聲大哭，同學們一起將我扶住，也有懂事的同學過去攙扶母親。同學們都知道我們姐弟跟叔叔親，筆記本用完了找他，想看電影也找他。叔叔過世的那天下午，電氣公司送來一台電冰箱，居然是叔叔訂購的。他告訴父親自己恐怕不行了，所以買了冰箱送我們，他唯一記掛的就是我的高中聯考。他認為只要我書唸得好，弟妹會以我作榜樣。

我當時很難接受，叔叔竟然棄我們而去的事實。曾經癡想著，或許他會借屍還魂，也可能忽然復活就回家來了。怎會想到我們三個孩子新衣服沒有盼到，卻落得披麻帶孝、肝腸寸斷的哭著隨父親在他靈前燒紙錢。母親又悲又氣，躺在床上幾天下不了床。妹妹哭訴著，以後我生病，誰抱我去看病啊。

叔叔從住院到離世只有二十一天，死於肝硬化。母親非常後悔，她說如果不逼他成家，他應該不至於抑鬱成病。治喪中，從叔叔同事口中，得知他背著母親在外面愛喝酒，奇怪的是我從來沒見過叔叔喝醉回家。

叔叔是父親的四弟，比父親小十一歲。十九歲到南京唸大學時就跟著爸媽過活，母親是獨生女，與父親婚後流離顛沛，多年沒有生育。沒有兄弟姐妹的她，與其說是把叔叔當做親弟弟帶，實際上更像當兒子養。來台之初父親受白色恐怖冤案牽連，流放東沙島數年，母親帶著叔叔相依為命。後來冤案幸得平反，父親平安歸來，生活安定後才生下我。母親生性好強，管教叔叔很嚴。常聽她說叔叔唸大學時不好好讀書與同學下棋，棋盤被她劈掉了好幾個當柴燒，嚇得再也沒有人來找叔叔下棋了。

我出國唸書後，試著與在大陸的親人聯絡，赫然發現叔叔在大陸有一個女兒。原來叔叔新婚後不久就到南京去唸書，數月後接到家書得知妻子懷孕。後來國軍匆匆撤退江北，叔叔隨著流亡學生到台灣又與我父母會合。叔叔一直惦記著新婚妻子，所以不肯在台灣另外成家。

母親是要求完美的人，她費盡心血拉拔叔叔完成學業，謀到差事，那時叔叔早升任組長正向科長邁進。眼看回鄉無望，母親力勸叔叔另娶，誰知叔叔一直想不開。在世俗人的眼光中，光棍就該早早成家，我們一家人的心願一點也不過分。隨著年歲的增長，我漸漸明白當時我們始終將自己的希望種在叔叔的痛苦上，從來不了解叔叔的內心。假如當年能有智慧摒棄世俗眼光支持叔叔退婚，並告訴他，不想成家就算了，我們一定會好好孝順你。叔叔會不會健健康康的活到老？

三年前，我回大陸老家探親，終於見到了叔叔的女兒。諷刺的是，堂姐很小時，母親就改嫁了，她沒有跟著母親走，一直跟著爺爺奶奶過活，她沒有盼到父親回家，但盼到了我。

原載《世界日報》副刊

無窮的回味——懷念我父我母

二〇〇一年五月二日父親病逝於洛杉磯，五個月後母親因腦溢血突然辭世。不到半年，我頓然成了無父無母之人，三年來雖然極力抑制悲傷，仍不免時時想起父母，有時甚至忘了他們已不存在！常在恍惚之中見父親柱著拐杖走來，或感覺到母親在廚房裡張羅飯菜。

尤其當我忙完一天雜物，躺在床上準備入睡時，忽然意識到父母都不在了，而我自己也變得很虛無，好像人生無常，隨時都會像父親那樣一住院就再也沒出過院，或像母親那樣摔一跤就再也沒醒來。

開車上班時，無意識的隨著前面的車子，緩慢前進。耳邊會忽然響起母親常數落父親的聲音：「安安她爸爸，不知有多寵孩子，我們安安生下來以後，他一下班回家就抱著孩子散步。下雨天就抱著她站在屋簷角。那時候，生活那麼艱難，我們就是不吃飯，也要給孩子每天吃個蛋。我家三個孩子，個個都被他寵壞了。」

這段話，人前人後母親不知講過多少回。他一方面怪父親太寵孩子，另方面也欣慰父親是個好爸爸。我家是反常的慈父嚴母，母親重視功課講究規矩，督促我們很嚴。考不到滿分，一分要打一下，父親卻是一下也捨不得打。為了阻止母親打孩子，他倆不知吵過多少架，母親認為孩子是不打不成器，父親卻認為何必一定要期望孩子考頭名，他自己就從沒考過頭名，他以前考頭名的同學都被共產黨害死了。做人品行第一，孩子們身心平衡快樂最重要。他的那些理論，被母親埋怨了一輩子，我們三姐弟的學業沒有一個達到母親的標準，母親認為我們之所以不夠成材都是父親的錯。

由於我是老大，母親對我期望特別高，自小就量身打造我將來的前途，由於我的數學不錯，母親便培養我走理工路線。唸中學以後，我的英文唸得非常差。母親指望我將來一定要出國留學，英文這一科就盯得特別緊。無奈我對如何把那二十六個字母去湊成單字，永遠理不出頭緒來。背古文詩詞能過目不忘的我，背起英文生字來，卻是早上背下午忘，昨天背今天忘。學起文法來，更只能用高山滾鼓之音，「不通、不通」來形容。

我當時就讀母親任教的基隆一中，教我的老師們大多與母親很熟。母親是好面子的人，對我的成績就更在意。但母親為了避免與父親的爭吵，倆人達成共識，把我們挨打的標準從門門一百分降到八十分。其他的科目對我來說都不成問題，唯獨英文，初一時靠著死背強記，勉強過關。但初二的第一次月考，我就遭了滑鐵盧。當我拿著七十幾分的英文試卷回家時，母親狠狠的打了我好幾大板。父親重言諾，不能再護我。眼睜睜的看著母親打完，才偷偷把我拉到一旁，問我英文老是所有科目裡考得最差的，是什麼原因呢？我說就是覺得英文難學，父親說天下無難事，再困難的事情，只要多下功夫就能學得好。當晚，他要母親加菜，說要給我進補。母親給他弄得啼笑皆非說：沒聽過孩子打了幾下手心，就需要進補的。

不論父親如何鼓勵，我的英文成績卻是每下愈況。當更糟的成績拿回家時，氣得母親火冒三丈，拿出家法正要打下，父親竟食言而肥一把搶下棍子，說他發現了新道理要講給母親聽。他說語言這種東西不是跟著邏輯走，像我這種邏輯頭腦好的孩子學數理不難，學起語文來是比較困難，跟用功不用功沒什麼關係。他反責怪他和母親的英文都不好，無法輔導我，以致我學英文特別困難。母親說不過父親，一時心灰意冷丟下棍子，說從此放牛吃草再也不管教兒女。父親為了平息母親怒氣，訂下新規定，把門門八十分的要求，改為平均八十分。若平均不滿八十分就任由母親處置，他決不說二話。母親接受了他的建議，從此我再沒為學業挨過打。由於我的不成材，倒讓二妹三弟受益不少，他倆因此省了母親不少棍子。

我母親非常能幹，教書理家，還燒得一手好菜。她暑假做衣服寒假打毛衣，樣樣在行。父親卻是除了作學問，連燒開水都不會。母親常奚落他除了一肚子的學問，就只會寵小孩，寵孩子寵到捧在手上怕摔了，含在嘴裡又怕溶了，自己都不知該怎麼辦的好。母親的叨唸並沒有讓我在小時候體會出父親對我的愛。

雖然父親平日叫我們姐弟三人不是心肝就是寶貝，但小學時代對他疼愛我們的方式，並不是那麼感激。他為了哄我們早睡，在床邊講孫悟空大鬧天宮，劉關張桃園三結義的故事給我們聽。怕我們出去野，買了許多兒童版的世界名著，章回小說給我們看。他訂的規矩又特別多，放學要立刻回家，功課寫完才准玩。九點鐘一定要上床，以免睡眠不足。不准逛街，怕我們遇上拐帶人口的。不准吃街頭小吃，怕我們拉肚子。假日，好不容易溜出去與鄰居朋友玩耍，沒多久就見他出來找人。父親長得濃眉大眼，不怒而威，講起道理來，聲如洪鐘，那一臉的嚴厲相，決沒有商量的餘地。那時，對自己的不自由，非常不滿，也沒有智慧理解父親的出發點是愛。

十歲那年的暑假，鄰居幾位大哥哥姐姐好心的帶我與妹妹去鎮上逛夜市，夏天晚上鄉下毒蛇出沒，父親怕我們被蛇咬，要我們穿上長筒塑膠雨靴。妹妹個性豪爽，拿著鞋便穿上，我極力反抗，父親威脅利誘，我勉強穿上，心中一百個不高興。往鎮上的途中，同伴看見我們在晴朗的夏夜星空下穿著冬天的雨靴，指著我們姐妹捧腹大笑。妹妹毫不在乎，反駁說，這樣才不怕被蛇咬；而我頓覺無地自容，尷尬的差點就要哭出淚來。讀中學的林姐姐阻止取笑的同伴說，周伯伯真是疼愛孩子，他們姐妹真幸福。一語驚破懵懂人，那是第一次隱約體會到父親愛我們的苦心。

年事漸長，對於父母常為了我的課業而大聲小聲的爭吵之事，愈來愈悔恨。但我卻無法像妹妹那樣，每次考了壞成績回家，還沒見著她的人影，哭聲先進了門，接著就聽到她一連串的真情告白：「我這次沒有考好，又要惹媽媽生氣，我以後一定要好好用功，考一百分讓媽媽高興。」她那滿臉淚痕的模樣不但挨不到打，還驚動父母拋下手中的事情急奔而來對她百般的好言安慰。我沒法學她那套，但已懂得努力用功，以討母親歡心。課餘之暇盡量的幫母親分擔家務，來贏得她的讚美。

父親非常達觀，他對所有人和事都持正面的看法。偶而在週末假日，為了讓母親休息，我陪著父親去買菜，他不管買什麼，從不殺價，我拿出往日跟母親與鄰家阿姨們買菜時學來的討價還價本領時，他馬上揮手制止。一面笑瞇瞇的付錢，一面拉開我低聲說：「人家做小本生意，賺蠅頭小利不容易，不要跟他們計較。」聽了他的話，我的心忽覺一軟，也養成我日後不愛討價還價的習慣。

父親研究孔孟仁學，對做粗重工作的販夫走卒之輩特別客氣，他認為人人平等，做人絕不能搭架子。以前我們住在基隆一中教職員宿舍時，父親對學校的幾位老校工特別好。那些老校工都是無親無故的榮民，一起住在福利社旁的鐵皮屋裡，過年時，父親會提一條母親做的臘肉及切塊她做的年糕去看他們。父親很關心他們，見他們生活打理得不錯，還會包水餃過年，才笑呵呵的回來。宿舍裡有幾位離鄉背景，流亡學生出生的單身老師們，逢年過節則常是我家的座上客。

父親為人大方，好客好熱鬧，朋友特別多，每星期天，除了叔叔固定回家外，家裡差不多都有不速之客來訪。這就苦了母親了，她好不容易有個假日，又得在廚房裡忙一天。爸爸一向在客廳陪著客人高談論闊，反正他什麼家事都不會做。我跟叔叔就在廚房幫媽媽做下手。叔叔十幾歲就跟著我父母過活，常聽母親說：「我逼你叔叔唸書可是逼得更緊，他不好好唸書跟同學下棋，我就把他的棋盤劈了當柴燒。」

母親口口聲聲埋怨父親重朋友，友愛弟弟，溺愛孩子，對她就不知體貼。其實父親很愛母親，只是嘴巴上不會說。他雖反對媽媽打孩子，卻對媽媽絕對尊敬，我們家裡人人知道媽媽的偉大，媽媽說的話是聖旨。若敢頂撞媽媽，一定會遭到父親管訓，他罵起人來，好似五雷轟頂，霹靂火起燒的你非面壁思過不可，比挨母親打幾頓還可怕。

我們家裡，有什麼好吃的東西一定先讓三個孩子享用，其次再勸母親吃。母親買雞加菜，弟妹吃雞腿，我跟媽媽吃雞翅膀，爸爸吃雞屁股。每回吃雞時，我們總把雞屁股往父親碗裡扔，再摀住鼻子笑。有一回，有人送來一盒水蜜桃，父親坐在那剝水蜜桃皮，一連剝了兩個。

我們三姐弟，搶著去拿，被父親一巴掌把三隻手打開。我們意外的愣住，父親瞪著我們三人說，媽媽生病，這是剝給她吃的。當時我猛然發覺，我們竟是那麼的不懂事。

另一件，母親最常叨唸的事，就是當年父親自海軍退伍，左手拿到退休金，右手就借人的事。父親原是投筆從戎的師範生，在我三、四歲時就退伍了，母親計畫拿那筆退休金去買地，價錢談妥，訂金也付了。沒想到錢一拿進家門，就有人來借錢。父親把錢借人，母親跟叔叔都沒有阻止。聽說父親當時對借錢的人說，救人要緊，將來還不出錢來不必放在心上。那筆錢救了兩條命，母親退了大部分的地，與叔叔七湊八湊了些錢，總算保留下七十坪地。母親常嘆道，假如那天沒有人來借錢！父親聽了馬上回說事情過了不必再提，錢可以再賺，救人命卻只有一次機會。

父親輕財尚義，幫助人的例子很多，我看過他借錢資助朋友的女兒唸大學，東奔西走，為失業的朋友謀差事。叔伯之間，提到父親總要翹起姆指說，伯達兄真是個好人。

父親退伍後，潛心研究中國哲學，先後出過不少書，他曾得過一九七九年的中山學術獎。他後來轉任黨務，也在大學裡兼課。父親說他之所以能專心工作，是因為家務生計從來不必煩心。當然，他背後最大的功臣是母親。母親是藥專畢業，除了在中學裡教化學，還有一紙藥劑師執照。她省吃儉用，培養我姐弟三人相繼出國唸書。我們三人今日都能有很好的工作，不能不感謝她。使我不解的是，我也一樣辛苦工作教養孩子，為何就擺不出母親那樣的威嚴，當年在我家，我們多在乎母親的喜怒哀樂，而今的孩子嘛！永遠只在乎他們自己。

一九八八年，我與妹妹結伴帶著幼女回家過春節，父母的高興自然不在話下。大年初三陪妹妹去中壢看她公公，老人家因我們的到來特地請了幾位親友到家吃飯，酒酣耳熱中，忽有客人指著牆上一幅字畫問是誰寫的。妹妹見了忙推著我看，一面對客人解釋道：「那是我父親作的打油詩，請擅書法的周志鯤叔叔寫的，給我公公七十大壽的賀禮。」父親的詩寫道：

令郎是我乘龍婿，有女宜家願已償。
欣逢親翁添福壽，古稀今日好稱觴。

客人看了俱說，你這親家翁，定是個樂觀豪爽之人。我看了感慨萬千，差點流下淚來。我們在家時，他把我們當掌上明珠，出嫁後，有女宜家則是他最大的心願。

父母退休後，於一九八九年移民來美，匆匆已住了十二個年頭。

初來時，每年都會來聖荷西與我住上半年，然後到妹妹那住兩三個月再回台灣。後來弟弟移民洛衫磯與妹妹比鄰而居，爸媽就無法在我這住那麼長。父母與我長住的那幾年是我一生中最快樂的時光，那時矽谷經濟情況好，我與外子的工作都順利。父親走後，網路達康成泡沫，矽谷經濟急轉直下，接著發生「九一一」，我們姐弟都面臨過裁員。我常想，父親若晚走個一年半載，他的人生就沒有這麼美滿。這樣一想，對於他的走，就較能釋懷。

父親的記性特別好，認路的能力尤其強。初移民來時，他喜歡一大早就出門散步。我擔心他那不大靈光的英文，會迷路。誰知他每天大搖大擺的出門，大搖大擺的進門，一回來就興高采烈的向母親敘述他的奇遇，接著就拉著母親去見他的新朋友。他散步最大的奇遇就是意外發現他的老友司馬先生竟住在我家斜對面他的女兒家中，從此兩老一起散步、喝茶、聊天。母親與司馬媽媽也來往密切，成為莫逆之交。父親在外散步逢人就攀談幾句，碰到老中自然要聊上半天，碰到老外竟也能扯上半天，就不知他是如何跟人溝通的。妹妹說爸爸在她那時也一樣，跟左鄰右舍都混得很熟。

有一年父母從台灣回來，飛機下午兩點半到。我與外子約好一點半回家來一起去接他們，我們倆工作都忙，不經意的都遲了些時間回家，匆匆趕到機場，華航班機的旅客已有人陸續出關。我們等在出口，從零星幾點人到大批人群出來，最後看到空中小姐少爺們都出來了竟不見他倆人影，我們急得跑到華航櫃台查詢，察出他們確實上了飛機。華航服務人員也回到海關去找尋，裡裡外外連廁所都找了，依然遍尋不見，我又跑到航站外去找，一眼看到那一排計程車，忽然心念一動，忙告訴老公，快回家吧，老爸一定坐計程車走了。老公認為這怎麼可能，四十幾英哩的車程，老爸哪有可能認得清。我知道父親有不會說NO的毛病，他今天一定是出關的早，在等我們時，計程車司機向他兜生意，他二話不說就拉著母親坐進去。他平日觀察力強，記憶力又好，認路回家不成問題。他又懂得開我家車庫門的機關，自然是天不怕地不怕的自己搭車回家。十萬火急的趕回家，果然兩老的行李已在車庫裡，而對面司馬家則傳來父親爽朗的笑聲。我問他為什麼不等我們。他說怕我們工作忙，沒法去接，還說計程車司機非常靈光，很能領悟他的指揮，而且他們相談甚歡，是次非常愉快的經驗。要我們以後不必去接機，他可以自己搭車。我如何放得下心，從此接機再也不敢遲到。

父親喜歡自然，母親也愛旅遊，我們每年一定帶他們作趟長途旅行，去到大峽谷父親讚歎山河大地的壯闊，來到尼加拉瓜瀑布又驚羨那有如萬馬奔騰的氣勢，他走到哪裡誇到哪裡，吃什麼讚什麼，樁樁件件都滿意。我們跟著一起玩，全家都很開心。後來他因糖尿病，腿不大好，但依然拄著拐杖悠然看山看水。每回我們出外旅遊，父親拄著拐杖走在前面，我扶著母親走在後面，外子牽著女兒走在旁邊。那時是多麼的幸福，點點滴滴，永遠是我無窮的回味。

原載《世界日報》副刊

第二部 神州行腳

龍井問茶

龍井茶的聲名，早在中學時代，便在課本上學到。遊西湖、順道一訪龍井村，在看罷一片山光水色之後，與三五好友品茗閒談，過一個優閒的黃昏，豈不是人生一大快事。

三月下旬，隨者江南文化團，如願的在午後來到了龍井村。遊覽車駛離西湖轉入山區，一路峰迴路轉，停在一所莊院前。那日，微雨初晴，茶山上煙霧飄渺，很有山色空濛之感。極目四顧，滿山遍野種滿了一排排的茶樹，青青的茶樹梢是鮮嫩的新葉，深綠的老葉有如翡翠般的烘托者青嫩的葉尖，那一片青翠，直看得人心曠神怡。茶園邊座落者幾戶別墅式的小樓，相詢之下，竟是茶農的住宅。我不禁有些吃驚，大陸人民的生活竟有如此驚人的改善。

進得莊來，得知乃茶葉推廣中心。一位炒茶師傅當門而坐，只見他以一雙肉掌在數尺方圓的大炒鍋中翻攪，十指運轉如飛，令人想起傳說中的鐵砂掌。也讓人忍不住為他捏把冷汗，他的手會不會燙傷？為什麼不戴個手套？何苦要這般辛苦？我又不禁要問，他的手是否乾淨，倘若炒得滿頭大汗，到時汗滴鍋裡茶，可就不大妙吧！想者、想者，興緻便減了大半。

莊裡的接待人員，把我們一團四十餘人讓入一間陳設雅致的大廳。廳中一張十數尺長的橢圓形大桌，桌面光滑如鏡，還放置了兩盆幽香怡人的素心蘭。導遊告訴我們茶博士馬上就會過來。正說之間，只見一位面如滿月，神采飛揚，身著套裝的專業婦女笑容可掬而來。她自稱沈博士，隨即請身後跟隨的幾位小姐為我們倒茶，一面告訴我們小姐倒茶的動作叫鳳凰三點頭，表示歡迎貴客之意。隨後又自我介紹，她是浙江大學本科系畢業，在茶葉研究所做研究，乃世界級的茶葉研究專家。因為我們這一團遠從美國來，她特從百忙中抽空來為我們做講解。她操著南方口音的國語，沒有濃重的捲舌音，聽來十分悅耳。時而夾雜幾句英文，有時還能冒幾句廣東話或台語，談笑間又自然的向大家打個問訊。我們被她唬得一愣一愣，也被捧得醺醺然，直感到這位沈博士真是酷斃了。

喝了口龍井茶，尚覺清香，只聽得沈博士說起西湖龍井的種種優點，包括溶解脂肪、減肥、增加血管彈性，明目、清胃等，最神奇的是茶裡所含的茶多酚竟然可以合成胰島素。我忽覺這杯茶越喝越好喝，心中不免盤算著也來種茶樹，光合成胰島素這一項就可以賺到翻，難怪茶農住著那麼樣豪華的別墅。再說我自己是營養碩士，生物化學、營養化學、食品化學，全都修過，怎麼從未聽到任何一位教授提起過。系裡何必一天到晚做糖尿病的飲食研究，要病人每餐飲龍井茶不就行了。放著這麼好的論文題目，竟不見有人研究，豈不可惜。

正在思忖之間，忽聽沈博士說道：明朝有個楊貴妃。這麼巧，明朝也有個楊貴妃？她又說道：她喜歡吃福建產的荔枝！這就更奇怪了荔枝不是產在嶺南嗎？我偷眼望同伴，大家都露出一臉狐疑。滿腹疑團未釋，小姐們已捧出茶葉待價而售。沈博士說我們喝的是一級龍井，今天因與我們大夥有緣，特級龍井從每斤一千六人民幣減價至一千二。一級龍井就這麼好喝，那特級的還用說嗎？一時間，大夥一斤、兩斤的拼命搶購。

離開茶葉推廣中心，我忙請教同團的生化博士王教授關於茶多酚合成胰島素一節，他斥為無稽之談，難怪從未看過這樣的研究論文。這或許也是王教授未買茶葉的原因吧！至於喜歡吃福建荔枝的明朝楊貴妃，卻成了我們一路上談論的最大笑柄，大夥開始懷疑茶葉是否買貴了，多少有些上當之感。然而想起沈博士的口才與推銷術，又不禁莞爾。

倘若今日在龍井鄉，看到的是美麗的採茶姑娘背著竹簍採茶，聽到的是茶山上情歌對唱，應當更不虛此行，也不會在乎買貴了茶葉吧！

原載《世界日報》副刊

五湖煙水

乘車到無錫旅遊，路過湖州休息站時，下車買湖州粽子，聽說休息站的二樓可以看到太湖。我奔上二樓，只見白茫茫的一片煙霧，隱隱中有水波蕩漾。原本就煙雨濛濛的江南春天，加上那彌漫在天空中的水氣，讓人覺得天地之間到處都是飄飄渺渺，如夢如幻，也自然發出許多遐思。我第一次領略到煙波浩渺的美，由然想起崔塗「五湖煙景有誰爭」的詩句。

在蠡園旁的牡丹亭吃午餐，導遊說太湖裡出產的魚蝦都是白色的，銀魚、白魚、白蝦，合稱「太湖三白」。太湖水蘊育出來的東西不但白，而且肉質格外細嫩，無怪乎一路行來，所見到的江南女子，個個都有著白裡透紅的細白皮膚，或許這真與當地的水質有關。導遊指著快要吃得盤底朝天的銀魚炒蛋說：「傳說當年西施投太湖自盡，細白的肌膚被太湖石磨碎化成銀魚，所以我們吃的是西施肉。」段話說得我胃口盡失，不但飯吃不下，還真想把西施肉都給吐出來。沒想到男士們卻大呼可惜，竟然怪導遊怎麼不早說，否則剛才會細細的品味。

曾聽過一個傳說：「仙人呂洞賓同情太湖邊魚民的貧苦，一日路經太湖，見一位木匠在做活，隨手抓起一把木屑丟入湖中，化成銀魚，從此太湖就多了一項特產。」我還是喜歡這樣的傳說，仙人拂塵一揮，木屑就變化成鱗光閃閃的銀魚，多麼美妙神奇。

然而，來到太湖邊，卻又不能不想起西施，還有兩千年前的那段歷史。西施在吳國城破夫差自盡後，到底結局如何？投湖自盡，還是與范蠡隱居蠡園、泛舟五湖？說來兩種結局都令人喟嘆，兩國交戰，越國將復國大計放在一位美人薄弱的雙肩上，讓她與夫差虛情假意十八年，吳國滅亡，美人又隨范蠡而去，日後她能心無愧疚過得安穩嗎？如果說西施與夫差日久生情，假戲真作，心中的良知無法承擔一個大國因她滅亡的罪過，在城破後，投湖殉情，則昔日強將她推上這個舞台的心上人范蠡又情何以堪，怎麼可能會為西施修建蠡園呢？如今太湖邊以西施肉來吸引食客，對這位犧牲小我而幫助勾踐復國的古今第一美人來說，未免也太殘酷了。可嘆，如此佳人竟然薄命如斯，連死後都不被放過！

都說中國人好吃，山珍海味吃不夠，還要吃西施肉。老饕們一定不喜歡木屑的傳說，因此湊趣寫下打油詩一首，「三春時節遊五湖，蠡園依舊水蕩漾。西施無奈化白魚，更添江南一菜香。」

吃罷午餐，領隊安排我們遊太湖第一勝景黿頭渚。天氣半陰半晴，晴的正好、也陰的正好，太湖的山光水色在雲霧繚繞中有著千里煙波的迷朦之美。湖濱公園裡種著一大片櫻花，三月下旬正是櫻花盛開，雪白的花瓣點綴著枝頭好似剛下過一場大雪。春風拂來，落花似落雪般的飄下，讓我真想拿起掃帚效仿黛玉葬花。此地的庭台樓閣襯著太湖的萬頃波濤，映著大片的白色花海，風光自與別處不同。難怪日本人中山太三郎寫下〈無錫旅情〉：「在那陌生的異國他鄉，想起了你啊忍不住流淚，請忘掉我吧去追求幸福，我已邁上了中國的旅程，坐上火車，駛向太湖畔水鄉無錫。」是什麼原因讓一個日本人拋下讓他流淚的人兒，羈留他鄉呢？是太湖的迷人景色讓他留連忘返吧！地陪袁小姐，用中文及日文為我們各唱了一遍〈無錫旅情〉。

到神州旅遊，發現導遊的素質都相當不錯。我們的全陪小胡，廣聞識博，氣宇不凡，一路上很得大家的好評。眼前這位袁小姐，年輕貌美，聲音驕柔悅耳，是我們一路上見到最可愛的女孩。不知是誰起的頭，要撮合他倆。一時間，全團上下忙得沸沸騰騰，都希望他倆有緣，也好為我們的太湖之遊留段佳話。當我們向袁小姐遊說後，她先是不語，兩頰飛紅，悄悄的打量氣宇軒昂的小胡，但是禁不得團友們死纏爛打的作媒架式，只得將她已有男友的事實告知。這邊廂已知此事難成，那邊廂的一幫人還在對小胡積極獻計。這時去黿頭渚的船來了，小胡為了掩飾窘態，猛催大家上船。畫船徐徐離岸，袁小姐揮手道別的身影漸漸消失在煙光水氣中，想起方才亂點鴛鴦沒有成功，不免讓人覺得遺憾。

船行太湖，山明水秀，抬眼處皆成美景。黿頭渚一山如龜，遠處鼓著風帆的漁船正在作業，清風徐來，水波無痕，千古風流也早被雨打風吹去。太湖水中，不知浮沉了古今多少事，到如今只能空吟著「五湖煙水獨忘機」了。

原載《世界日報》副刊

＊注：太湖又稱五湖。

結緣在江南遊

在好友文玲的力邀之下，參加了朱琦教授的江南文化遊。臨行之前文玲突然急病開刀，我頓成形隻影單，同團之人一個也不認識。原本擔憂旅途孤寂，沒想到竟意外的結識一堆朋友，十天下來許多陌生人都變成了新知。

朱老師在出發前的週末舉行了一場說明會，我尋址找到朱教授家。看到一群陌生人，要不是雙雙對對就是三五成群的在那高談闊論。我懷著一顆忐忑之心，不知該在那一群人中找個座位，忽見兩位女士靜靜的坐在一旁，我便撿她們旁邊的空位坐下。朱老師開講了，他概括的介紹江南的移民背景、文化歷史，接著要團友們自我介紹。坐在旁邊的其中一位女士忽然開口問道：「妳們倆都是自己一個人嗎，沒有同伴。」我們點點頭。她聽了展顏一笑，立刻自我介紹道：我叫徐漪靜，不如我們三人結成一夥，一路上互相有個照應。我聽後，緊蹙之眉舒展開來，也立刻自我介紹，身旁那位秀氣優雅的女士也開口說道：「我叫王玉梅，很高興認識妳們。」當日，我們三人相談就甚為投緣。出發那日，從舊金山機場便一路作伴，自然而然的成了好友。

我是個好管閒事的人，漪靜也是個熱心腸的人，聞知玉梅丈夫已過世十年，都暗自為她心酸。旅途中對她就格外照應。在北京往上海轉機時，需要繳機場稅。那時，時間緊迫，玉梅根本來不及換人民幣，我馬上幫玉梅墊上。玉梅為人客氣，幫她一點小忙，就非得回報妳不可，日後每從台灣回來都要帶一份禮物給我，弄得我很不好意思，只好請求她別再給我買東西了。到了上海，我與玉梅、漪靜一起逛襄陽市場，玉梅非搶著付計程車錢。漪靜愛請客，見了新鮮水果，就買了請大家吃，一路上吃到好吃的菜，便自掏腰包要廚子加炒一盤請大家吃，聽說我愛吃鳳梨酥，回台灣度假一定要買一盒送我。跟這樣的倆位同伴一起旅遊，豈有不快樂之理。

那年遊江南是我第一回去大陸，小時候看電影《江山美人》，至今還記得「人人都說江南好」的唱詞。母親是江蘇人，自幼更聽她道盡江南的好，又說遊人只合江南老，帶著很高的期盼，我要到江南去體會上有天堂，下有蘇杭的人間仙境，去看那紅勝火的江花，碧於天的春水。上飛機前朱老師發給每人一本冊子，那是老師自己精心編輯的，對我們即將走訪的每個城市之歷史文化的詳盡介紹。我是學理工的，自幼雖好文藝，讀書到底不多，雖也雜學強記，所知到底有限。在飛機上我把老師給的資料詳細看過，又強背了幾首詩。一到上海，就覺心弦觸動，感覺很好，再加上老師仔細的解說，上下古今的一串，感覺就更不一樣了。「上海唐屬華亭縣」，我記起了《四傑傳》裡的華太師就是華亭人，華老夫人帶著春夏秋冬四香丫頭到杭州進香，回途到虎丘上回頭香時碰到了唐伯虎，發展出唐伯虎點秋香的風流韻事。古今多少事，盡付東流水。而今與玉梅、漪靜站在黃埔江頭，春雨綿綿中，對岸的浦東新區朦朧中更覺新潮摩登，東方之珠的設計更顯得匠心獨運。

車自上海出發過烏鎮往杭州，我發現江南的河川特別多，半里一小溪，數里一大河。車窗外是一派農村景象，一望無際的華南平原，一畦一畦的農田，種著碧綠的莊稼，田邊植著幾棵楊柳，數株桃花。江南除了河多，水塘也多，常見一條小船停泊在水塘邊。水塘或者是灌溉養魚兩用，也或許是種菱角或蓮花，我可以想像農家划船捕魚，採蓮蓬，撈水藕，摘菱角的情形。車廂裡，朱老師正唸著「十里荷香，三秋桂子，羌管弄晴，菱歌泛夜，嬉嬉釣叟蓮娃。」一我彷彿看到了越女蕩舟採蓮，浣女提籃洗衣。朱老師的口才有口皆碑，講課除了內容豐富，最主要是風趣幽默不枯燥。一路上時間容易過，不知不覺的就到了杭州。

由於文玲不能來，旅行社臨時為我湊了一位室友。說來也是我的運氣好，室友陳扶，不但雅好詩詞還愛寫打油詩，我與她氣味相投，相處很是融洽。可惜她住洛杉磯，江南行結束後，至今無緣再見。雖也通過電話，伊媚兒，但沒能再見到面，對她仍十分想念。

那日到杭州途中，她聽老師一路講解，很是感動，當晚成詩一首與我分享，我鼓勵她請朱老師看一看。老師看後，非常高興，為了鼓勵她，遂唸給大家聽，意外的，經老師助陳扶拋磚後，竟引來了許許多多的珠玉。先是徐展教授與王正中教授成詩數首，我也被陳扶逼著寫，接著莊老師、朱建華等都有佳作出籠。聽講吟詩變成了我們這一團最大的樂趣。

徐王兩位教授的詩，兼具詼諧諷事之妙，加上朱老師抑揚頓挫的一朗讀，總令人捧腹大笑，因此竟又引得了石公子講出精彩絕倫、絕妙爆笑的一場買茶豔遇。真如朱建華在她詩中所云：王公妙句笑傻人，石庚豔事人笑傻。石公子室友吳公子不甘示弱，也講了一段豔遇，引著大家都去搶麥克風，分享生平趣事，沒有故事講的人就唱歌。團友鍾先生買來了一束花，只要有人表演完畢，他就獻花鼓勵，弄得人人激起了表演慾，朱老師成了講師兼主持人，一路真是熱鬧非凡。

我們這一路運氣特別好，到了杭州，風停雨歇，湖山如洗，正是水光瀲灩晴方好。那天是星期二，西湖游客不太多，所以我們能從容的在湖濱散步，搭乘畫船遊湖。三月底桃花初開，紫藤吐豔，還有粉紅色的山茱萸，正開的漫山遍野。楊柳剛冒出嫩綠的新芽，顯得格外輕柔，西湖美得迷人。

遊覽車開過西冷印社，杭州美術館，沒能進去參觀，我大嘆可惜。玉梅跟導遊商量讓我們不必去品嚐龍井茶而改去看美術館。可惜旅行社有他們的規矩，不能讓我們三人脫隊，也無法改變行程。也因此我才知玉梅的藝術修養非常高，漪靜正在學油畫，我也喜歡藝術，因此我們有了更多的話題可談。

從杭州到南京途中，因為大霧，高速公路封閉，司機改走省道。省道從田間穿過，兩旁是大片大片的油菜花，幾畦菜圃圍著數間黑瓦白牆的農舍，農舍旁夾雜種著柳樹桃花，一片豔黃直伸到天際，黃花盡頭是淡青色的遠山。當時正是煙花三月，桃紅柳綠菜花黃，江南春光明媚，我們和春同住。這時所有吟誦江南的佳句都在我腦中浮現，人人怎能不說江南好。我不得不感謝高速公路的大霧，才有機會讓車行在田野中。

我們這一團可愛的人物很多，像高陵珠招集的江南八怪，很羨慕她們在高中畢業將近半世紀後，仍能結伴同遊。八怪之一的才女寧克嘉，講起笑話來可以讓人笑翻天，其夫婿關醫生更是大家的開心果，往蘇州的途中，他高歌一曲，忽見一車豬隻緊隨我們車後，彷彿在側耳傾聽，看得大家仰天大笑，結果響徹雲霄的笑聲又把豬嚇跑。

蘇州是我們旅途的最後一站，次日到了上海，就是旅遊終點。玉梅要續留上海訪友，漪靜要回台灣。我們下榻的吳宮大飯店，金碧輝煌，豪華精緻的讓人不忍入睡。石公子不捨大家將要分別，遂請大家到二樓喝酒聊天，王教授是冀南人，玉梅是濟南人，乍聽之下，他們不但是本家又是小同鄉，兼之教授欣賞玉梅的為人誠懇，當下就認了兄妹，也算是我們旅遊中的一段佳話。當夜大家聊得很開心，到午夜才陸續回房。王教授認了妹妹特別高興，與石公子拼酒喝醉，回房時敲錯房門，鬧出一段笑話。次日徐教授聽說，又寫打油詩取笑，王公酒醉，錯把吳宮做行宮。

旅行本來就是件愉快的事，再加上朱老師一路上精心的安排，團友們相處格外融洽，全團都玩得盡興，真是一路趣事說不盡，滿車的笑聲，響遏行雲橫碧落。

記得那年旅遊歸來，公司矽谷分部的總裁也來自台灣，得悉我參加了朱老師的文化團，特問我好不好玩。我回答說好玩極了，老闆懷疑的問：江南真有那麼好玩嗎？是朱老師帶得好，還是真好玩？我聽後，沉思了一會說，朱老師帶得好該是最大的關鍵吧！

怒吼的黃河——記壺口之行

快到壺口瀑布時，在車上老遠看到地裡面衝起一大股黃煙，導遊說那兒就是壺口了。我覺得奇怪，明明是來看瀑布的，如何地裡會冒出煙來，而且還是黃色的，倒像是硫磺噴泉。

到了壺口景區，走入晉陝大峽谷，一大片寬廣的黃河河床在眼前鋪展開來，幾股黃濁的水流在河床上竄流。河岸兩邊的高山上，林木森森，景色十分的蒼茫。我想像中的黃河，應該是河面遼闊，大水湯湯，河畔蘆花千里，幾分悽美，幾分豪邁才對。這樣的景象，實在是我意料之外。隨著眾人，我踏上黃河乾裂的河床，心中忽然有種難以形容的感觸。這就是古老的黃河河道嗎？千百年來，旱地行船，多少兵馬跨越秦晉兩省必經的黃河河道。走了幾十公尺，前面出現一股大橫流，無法涉水而過。幸虧河床上架了一座石板長橋，此橋名為觀瀑橋，可想而之是通往瀑布之道。走上石橋，極目四顧，黃河的上游掩沒在迂迴的青山裡。山頭上白雲悠悠，很有「黃河遠上白雲間，一片孤城萬仞山」的意境。

這片峽谷足有一、二里寬，恍然間腦際出現以往黃河發大水之際，濁浪排空，洪流淹沒整片山谷的恐怖景象。黃河呀！黃河！自古以來妳曾經為漢民族帶來過多少災害。如今橋下只有淺淺的黃泥水，極大部分的河床是乾涸的，露出大塊大塊的河床基石，石塊上半乾猶溼，似在展示洪水的遺跡。凹凸不平的河床，是河水千萬年來沖刷的傑作。我，今日竟然在黃河的河道上行走，心中正自激動感慨，五味雜陳，耳邊忽然響起隆隆的水聲。走過觀瀑橋，水聲越來越大，一忽兒就好似風雷四起，響得驚天震地。再往前看只見黃浪滾滾，鋪天蓋地，飛也似的翻騰而來，奔馳到不遠處的地塹，水勢倏忽一轉向下直瀉而去，激起驚濤駭浪，濺出萬點水珠，捲起了千股沙煙。我恍然大悟，原來遠處所見的地裡冒煙，是因此這般而來的。我三步併作兩步趕到大水瀉落之處，呀！這就是壺口了。黃河的大水洶湧澎湃，好似千軍萬馬殺將過來，帶著怒吼、狂嘯、悲歌，不過電光石火之間通通掉落五十多公尺寬的深溝裡去。大水入溝後好似心有不甘，不斷的翻騰、掙扎、吼叫，怒氣沖沖的風馳電閃般的往下游急流而去。

多數的瀑布是由下往上看，壺口瀑布卻是站在洪流之前，激浪之側，由上往下看。不到壺口還真不知它是這樣的光景。一般對壺口瀑布的形容，多半是引用《山海經》所云「河勢北來，至此全傾于西崖之腳，奔放而下，懸注漩渦，如一壺然」。所以我一直以為，黃河之水天上來，流到了壺口地勢忽然低了幾十公尺，河水就如瀑布般的奔流而下，瀉入西邊山崖之腳下。其實不然，黃河從青海甘肅流到晉陝一帶時，地勢的確是由高漸漸變低，但是到了壺口，河床上突然出現了一道五十多公尺寬的大裂縫，由於黃河河道又是呈下坡之勢，水往低處流，大部份的河水就一股腦的往裂縫中落去。那條裂縫一直裂到四千多公尺以外的孟門山，它並不像壺，因為壺是圓形的而且口小腹大。只能勉強把裂縫的開口處，假想為茶壺之口。

原來黃河的河面的確是很寬的，浩浩蕩蕩，大約五百公尺。到了壺口，所有的河水都要往不足五十公尺寬的裂縫裡擠，造成水勢爭先恐後的極端猛烈。少部份擠不過來的水，只好在河道上找出路，流過觀瀑橋下，在不遠處排除障礙仍然躍入裂縫中。黃河的水真不像水，像泥漿，所以剛才在觀瀑橋上跟本沒看清楚不遠處那黃澄澄的一片是河水。還正在奇怪黃河的水怎麼這麼少，就忽然看到濤天的黃浪，迎頭撲來，怎不讓人錯以為它是從天而降。

這條深溝裂縫，當地人稱之十里龍槽，河水流到十里外的孟門山後，洶湧之勢，漸趨平緩，河面漸寬，終於又可行船蕩舟。至此我才明白，為什麼在古時需要縴夫，五百米寬的黃河水都跌倒入龍槽後，河床上就是我們看到的這副乾涸的模樣。船隻需要靠縴夫拖過十里龍槽，才能重新下水。如今不但晉、陝、豫的鐵路已經修通，壺口也有公路直通臨汾，轉高速公路北上太原，南達河洛，水運早已沒落，縴夫也成了歷史名詞。

這一段黃河活生生的隔開了晉陝兩省，我們站在東岸的山西省，這邊除了我們一行四十餘人外，幾乎沒有其他的遊客。遙望陝西那邊，遊人也不多。我暗自慶幸，幸虧人少，才能感受到自然的野趣，也才能悠哉悠哉的細細欣賞風景。我總覺得壺口瀑布像是縮小了的尼加拉瀑布，它的主瀑也是馬蹄形，高度及總寬度大約都是尼加拉瀑布的一半，但是它水勢的兇猛，氣勢的磅礴比尼加拉瀑布尚有過之而無不及。主瀑不遠處在陝西的那一邊，面對山西的這一面也有一酷似尼加拉之美國瀑布的簾幕式大瀑布。其他沒有及時躍入壺口的河水，沿著龍槽一路往溝裡瀉下，又形成了好幾個大大小小的新娘面紗瀑布。除了陝西那一邊，山西這一邊延著龍槽也形成好幾個瀑布。壺口是一個大瀑布群，大大小小加起來綿延一公里長。我們運氣不錯，來到壺口之前，一連下了好幾天雨，黃河水勢大漲，壺口的雄姿沒有讓我們失望。

我站在瀑布旁，久久不想離去。看那瀑布之水千變萬化，龍槽裡黃浪翻騰，尤其震懾於瀑布的吼叫聲。它嘶聲竭力，似乎在控訴，在哀告。是在泣訴華夏民族的苦難，還是在悼念古戰場的冤魂。由於這一段黃河的河面特別窄，最窄之處，不過二十米，古代兩軍交戰，常利用此處為過河捷徑。冬天河上結冰，更便於行旅軍隊的來來去去。南北朝時，壺口一帶發生過多次戰役。東魏丞相高歡，曾在此調集二十餘萬兵馬。當年唐高祖出兵壺口從孟門過河，出其不意的打敗隋軍，奠定了唐朝的基業。清朝的捻軍也是利用壺口的地理之便，輕易過河，大敗清軍。戰爭沒有不慘烈的，黃河裡曾經流過多少士兵的鮮血？如今五族共和，大家都是黃帝子孫。而在當年，卻都各為其主的戰得你死我活。可憐無定河邊骨，都是深閨夢裡人。當車轔轔，馬蕭蕭，大軍出征時，誰來同情牽衣頓足攔道哭的爺娘妻兒。

據說壺口瀑布是大禹治水時鑿開孟門山才出現的，孟門未鑿穿之前，黃河之水流到此地都堵在孟門山口。那時十里龍槽是黃河上的一道暗河，水流到暗河自然會形成漩渦，《山海經》所說的懸注漩渦，大概就是指此。行船遇到漩渦，只怕要船毀人亡。想像力豐富的古人，誤以為是龍在那裡翻江倒海，興風作浪。殊不知那是漢民族的母親河，藉此教誨世人，人生之路暗潮洶湧，要用智慧去避開兇險。

孟門鑿開，黃河疏通。今人也知，龍槽裡實際上是沒有龍的，黃河上的種種問題已慢慢被聰明的漢民族化解了。然而黃河依然悽厲的怒吼著，它似乎仍然在警告中華兒女，不要讓錯誤的歷史再重演。但願千古的悲傷都隨那東流的河水而去，鳳集河清之日應該是指日可待的。

後記

黃河在晉陝峽谷這一段的含沙量是很高的，但並不像傳說中的一碗水半碗沙。隊友屈先生，用礦泉水瓶裝了一瓶水。置於室中，沉澱一夜後，底層的沙，遠低於瓶子容量的百分之十。沉澱後的水，清澈透明，異常的乾淨。令人驚訝的是，這麼少一部份的沙竟能攪得河水那麼的渾黃。

原載《世界日報》副刊

龍門耀眼伊水畔

龍門伊水

來到伊水之畔，我為之驚豔。只見那楊柳絲絲弄碧，畫船穿梭長橋之下，兩岸花如錦繡。洛陽城外的伊闕，東西兩山對峙，伊水自兩山之間流出，河水清澈，碧波蕩漾，緩緩往北淌入黃河。站在伊水西岸，遙望伊闕，巍峨壯闊。東望香山，一片蓊鬱青翠環繞著古色古香的香山寺，重樓飛簷，藍瓦白牆，為香山添上幾分文化與歷史的色彩。迴看西畔的龍門山，斷崖絕壁上千洞萬佛，乃是三大石窟之 的龍門石窟。洛陽的天空沒有污染，湛藍的晴空飄著幾朵白雲，那景色，美得叫人瞠然。想起白居易曾說，洛陽四郊山水之勝，龍門首焉。如今親臨此地，才真的體會到詩人所言果然不虛。

一千五百年前魏孝文帝自大同遷都洛陽，開始在伊水兩岸的龍門山開窟造像。歷經北周、北齊、隋朝到唐代，多少帝王后妃、親王、公主出資來此鑿洞雕刻佛像，讓這風光明媚的山崖水畔，留下了曠世的藝術瑰寶。

笑眼凝眸的武則天

史傳武則天捐兩萬貫脂粉錢開鑿了奉先寺。我迫不及待的趕到依照華嚴經故事所造的奉先寺去瞻仰龍門石窟最有名的大盧舍那佛。此佛身高十七米多，光頭部就有四米長，耳長竟也有一點九米。幾天前才在雲崗瞻仰過那兒的巨佛，與之相比，龍門的這一尊要漂亮多了，她高髻雲鬢，柳眉鳳眼，鼻樑挺直，雙頰豐腴，嘴角含笑，端莊美麗，慈光普照，看得讓人自然發出恭敬心。只可惜佛龕的下半部，似遭到過破壞，雙手已然模糊不清。幸虧上半部保養得很好，仙袂輕柔，款式大方，衣服的紋路皺褶依然清晰。如此驚人的浩大工程，當時的巧匠是如何去計算比例，用什麼樣的透視法，才能雕鑿出如此比例均勻，線條自然有力，五官左右對稱的巨大佛像。能雕出這樣傳神的巨佛，非但要有非凡的雕刻技術，更要有超乎常人的審美觀。那位巧匠若生在今日，當是位傑出的雕塑藝術家。可惜在古代，雕塑並非主流藝術，但這位佚名的巧匠卻為我們留下了一頁燦爛的雕塑史。

地陪說，這尊佛像是依著武則天的相貌而造，團中立刻有人疑問道：武則天有這麼美嗎？我想武則天應該有這麼美吧？否則她如何能夠鬥倒王皇后、蕭淑妃而專寵於高宗。我比較懷疑的是，工於心計的武則天不大可能有這尊佛像的慈悲。領隊朱琦教授則認為武則天心胸寬大，善於用人，從她對駱賓王的不念舊惡，及對狄仁傑的重用，可知她確實智慧不凡。有智慧的人或許偶而會生出點慈悲心吧！當年的巧匠大概就抓住她那偶一現之的慈顏而造出這完美的雕像。而武則天她笑眼凝眸對著青山綠水，似乎要永遠看著洛陽的繁華。

奉先寺正壁左側有一尊頭戴花冠，全身掛滿瓔珞的菩薩雕像。那花冠精雕細琢、嵌珠鑲玉，極盡華麗。耳環項鍊，環佩珠飾，設計豪華，無不奇巧。玉指纖纖，右手做拈花狀，真是件不可多得的藝術品。

北面崖壁上之托塔天王及金剛大力士像更是龍門石窟中的珍品，天王足踏小鬼，威風凜凜。大力士魁偉雄武，渾身肌肉凸起，骨骼關節明顯可見，足見唐代的巧匠已有解剖學的概念。可惜古時工匠身份低微，倘若朝廷能夠對雕塑藝術有所重視，像封畫院中的待召一樣，給與官職，那些巧匠起碼也能像唐代繪畫名家李思訓、閻立本，那樣青史留名。我們中華民族的雕塑藝術早該在世界上大放光芒了。

唐代開鑿的洞窟，尚有萬佛洞與潛溪寺。據說萬佛洞是武則天為祈福做功德所造，內有大小佛像一萬五千尊，它的兩壁雕滿了千千萬萬寸許大小的佛像，主尊佛龕保存相當完好，具像圓滿盤坐蓮花座上。後壁之上也刻有無數枝蓮花，而每枝蓮花上也坐有一供養菩薩。洞頂上刻有多尊體態輕盈，婀娜多姿的伎樂人，這些多采多姿的浮雕更豐富了整座洞窟的內容，增加了藝術上的可看性。

基本上唐代石窟中的雕像尊尊都是慈眉善目，比魏窟中的更為秀美，石像雕刻的線條更為柔和，刀法更見圓潤成熟，堪稱石窟藝術中的神妙之作。

古陽洞的北魏風采

古陽洞是北魏時代最早期所開鑿的洞窟，洞中佛像的頭部多半被破壞的很厲害，主尊釋迦牟尼佛偏袒右肩，薄衣透體，仍然帶著大多的印度佛雕的色彩。遙想當年大月氏強大之時，疆土西拓，曾建都巴基斯坦的白沙瓦城。史料記載他們長時期與希臘、埃及、羅馬人接觸產生了文化交流，吸收了中亞與中歐的雕刻手法與技巧，後來沿著絲路傳入我國。從敦煌、大同一路傳到了洛陽，而石雕造像也漸漸融入了中土人士的造型，雕刻技法也融合了中國藝術的風格。

所以洛陽石窟中的雕像大多面容清秀，姿態優美，線條流暢已經有別於雲岡的豪放獷達，藝術造詣也更上層樓。

古陽洞裡蘊藏的藝術文化可說是琳瑯滿目五花八門，洞中四壁的浮雕，佛龕龕楣的花紋圖案都是精美的藝術品。光欣賞那龍門二十品的碑刻題記，就讓人驚嘆不已。沒想到，中國書法史上所推崇的魏碑精品竟然就在眼前。魏碑字體，端正大氣，古拙渾厚，筆法迭宕豪放，在我國書法的演變上佔有很重要的地位。立於碑刻之前，景仰固有文化，直叫人心花怒放。

北魏時代的其他洞窟如賓陽洞、蓮花洞、魏字洞等也都各有特色，供奉的佛菩薩雕像、石刻花紋、王公貴族禮佛圖等，都反應了當時的宗教信仰與政治結構。我特別喜歡蓮花洞頂的蓮花浮雕，蓮心的顆顆蓮子，蓮花的片片花瓣都非常清晰，線條簡潔，卻流動自然，寫其意又不失其真。藝術之美，莫過於此。

魏窟中的佛像與唐窟中所不同的是，臉形較長，眼睛圓而大，神采奕奕，精神煥發。而唐窟中則是圓滿之像，細長的鳳眼，彎彎的雙眉，慈悲為懷，智慧無量。所以說魏窟中的佛像，還有一點中外混血的味道，像賓陽洞主尊的上衣也有酷似領帶的胸結，仍留有雲岡的服飾之風。從魏窟到唐窟，可以看到石窟藝術在造型上的變化，從帶有中亞、印度的造像風味，最終發展成純粹漢化的雕刻藝術。

石窟藝術萬古長存

除了宗教、美術、書法之外，龍門石窟還保留有大量的舞蹈、音樂、服飾、醫藥、建築等方面的實物史料。像藥方洞中刻有一百四十味藥方，許多藥方至今仍能應用於治病上，為古代的醫學留下見證。

龍門諸多洞窟中都有飛天仙女的浮雕，仙女雙腳飛躍空中瀟灑自如的悠然飛行，衣袂飄風，彩帶漫天飛舞，有如天雨香華，自空中灑落。為後世的飛天舞姿立下了最基本的舞步，也為中國民族舞蹈的創作靈感注入了靈魂。

褚遂良所書「伊闕佛龕之碑」則是書法藝術史上不朽的傑作。褚乃初唐三大書法家之一，成就非凡。他的書體以疏逕遒逸、風致高古見稱，龍門留有他的真跡，實為難得。

諸洞中的飛天伎樂手上之各種樂器，橫笛、排簫、四弦琵琶等，以及身上的衣飾，也都是研究當時的音樂、服飾之珍貴資料。

龍門石窟不愧是一座大型的石刻藝術博物館。它濃厚的歷史氣息及宗教美術的韻味讓它散發出迷人的魅力。它傳遞著中國古代與西方文化交流的信息，記載了雕刻藝術演進的過程，還有佛教在歷史上的興衰。在公元兩千年，它被列入了世界文化遺產，更是值得可喜之事。冀望受到世界文化遺產的保護，它不再受到人為的破壞。

白雲江水兩悠悠

伊水上有一座長橋，高高架起連接東西兩山。我爬到橋上，視野頓覺寬廣，俯瞰江上輕舟，仰望藍天白雲，頓覺天地悠悠，我彷彿墮入時光隧道中，盛唐的文采風流，恍惚到了眼前來。從貞觀之治到玄宗的天寶年間，是多麼輝煌的一段歷史，那時候百餘年間未災變，小邑猶藏萬家室，稻米流脂粟米白……唱不完的太平歌。武則天鳳輦鸞駕來到伊水畔，宮娥彩女，雲鬢花顏，與山光水色相輝映，我站在伊水橋上吟詩覓句。團友們喚我去搭船，一失神我又回到了現實世界。

我走下橋去，只見柳蔭下搖出一條船來。坐在船上，但覺清風送爽，畫船乘風破浪而去。船行在龍門山下，寬闊的伊水河中，仰望山壁上兩千三百餘個大大小小的洞窟，奉先寺的全貌盡入眼底，我不禁為宗教對政治文化所造成的影響感到震撼。雖然歷史已遠，而今的龍門依然嫵媚壯麗。雖然許多佛像的頭都被盜走，但保留下來的藝術依然十分可觀。難得的是週遭的環境整理得非常乾淨，來此遊玩，得以體會逍遙自在，倘佯山水間的意境。

原載《世界日報》副刊

芙蓉鎮與米豆腐

一部成功的電影《芙蓉鎮》，把湘西偏遠古老的王村呈現到了現代人的眼前。現在提起芙蓉鎮已是無人不曉，反而不大有人知道它的舊名——王村。隨著張家界旅遊業的發達，到芙蓉鎮的交通也相對的方便多了。從張家界市乘車去芙蓉鎮，大約只要兩個多鐘頭。

芙蓉鎮是一個土家族聚居的古村落，在秦漢時期稱作酉陽，大概是在酉水之陽而得名的吧！土司王曾在此居住所以又稱王村，是酉水河的重要碼頭。古時交通不便，主要是靠水運，而酉水河東流至沅陵入沅江下洞庭湖，往北可達鄂瀘。往西過鳳灘水庫直通川黔，所謂「舟楫之便，得天獨厚」。濱河的王村，在古時原本就是很繁榮的小商鎮。那時候湘西一帶的土家族、苗族、漢族，搖著小舟在王村的碼頭上岸，拾級而上，到五里長的青石板街上做交易，熱鬧景象可想而知。如今的芙蓉鎮依然是座韻緻高古的小城，洋溢著濃厚的土家氣息，土家吊腳樓順著山坡鱗次櫛比而建，木造的樓宇，古雅樸實，別具風味。

湘西崇山峻嶺，雨水充沛，豐富的水源造成了湘西不但川流縱橫，而且河面寬廣。酉水河，一片大水從懸崖深谷中衝出，兩岸高峰絕壁，好似天神用巨斧硬生生的將連緜的青山從中劈開，陡峭的山壁上，寸草不生，人獸不可攀，國畫中的斧劈皴，大概就是從這樣的山壁中悟出來的。碧水灣灣繞著芙蓉鎮，浩浩江水傍著層巒疊翠，風景奇秀壯美。酉水河流到了芙蓉鎮，成了一大片深潭。兩岸的山也沒有那麼挺直峭拔了，船可以靠攏碼頭泊岸。然而山坡仍然很高，上岸後要爬上百來個非常陡的台階，才能到達青石板街。長街傍著另一條不知名的小溪，由於山坡的落差，小溪在王村旁形成了一個很美的兩疊瀑布，土司王行宮矗立在瀑布旁的山坡上。湘西美麗的瀑布實在太多了，風景優美的景點也太多了，千年古蹟也太多了。所以這處土司王宮，任它飛簷重樓，雕欄高閣，也並沒有被當地人放在眼裡，只輕描淡寫的指著它說：「飛水寨。」那瀑布自然跟小溪一樣就叫瀑布了，沒有名字。

據說當地原來野豬很多，為了防範野豬，所以人不習慣住一樓。土家吊腳樓多半是三層，一樓用粗木架空，二樓住人，三樓堆放雜物。如今街上的吊腳樓多半已將一樓加上門板，改成了店面。這條街是芙蓉鎮的主要街道，但沒有名字，因為大約五里長，以青石板為地的街道就叫做五里青石板街。街上有茶樓、飯館、銀飾店、手工藝品，價錢都還算公道，不必費盡口舌殺價。土家人民風純樸，也不會死纏著你賣東西，在五里長街上閒逛很是逍遙自在。

謝晉當年苦苦尋了七千多里的外景地，最後看上王村，不是沒有道理的。若非電影芙蓉鎮，王村依然是養在深閨人未識。然而在今天，有著久遠歷史的飛水寨，仍然寂寞的掛在瀑布旁。遊客到此來嘗劉曉慶米豆腐的興緻，遠比看瀑布水寨高。

最有名的劉曉慶一一三米豆腐店，就在石板街的貞節牌坊旁。店裡生意興隆，香氣四溢。嚐過米豆腐的客人，笑逐顏開的白店中走出。我問他們滋味如何，人人都豎起拇指叫好。我走入店中正想叫一碗吃，與我同團旅遊的幸丹妮，隨手遞給了我一碗。幸姐在我們團中，素有俠名，她預定了好幾碗請大家吃。若非搭幸姐的順風車，還真未必吃得到呢！原來米豆腐一鍋賣完後，就得等下一鍋。我們要趕到酉水河去搭船，時間上是沒法等的。那碗米豆腐果然好吃，湯色清亮香辣，味道鮮美，蝌蚪狀的米豆腐Q且滑軟細嫩，確是名不虛傳。

我們吃午餐的餐館也供應了一道米豆腐，一端上來，湯色就感覺不夠清，一嚐之下，亦覺乏善可陳，米豆腐的鹼味又太重，吃了兩口就咽不下去了。

米豆腐是土家族與苗族地區的一種傳統風味小吃，五里長街上許多店鋪都有得賣，有一家甚至把作法公布於店們口。一一三米豆腐店之所以受歡迎，相信絕非偶然。聽說製作米豆腐時，米漿濃度非常重要，不宜太濃或太淡，一定要拿捏得好。石灰水千萬不能過多，放少了黏度不夠，多了就會有不適口的鹼味，這些都得全靠師傅的經驗和功夫。配料及澆料尤其要講究，湯頭最好用大排骨熬高湯。

米豆腐的作法是將大米洗淨，浸泡一天，然後加水磨成米漿，入鍋燒熱，一面攪拌一面加入適量的食用鹼，直到煮熟，倒入一吋高的長方形鐵盤內，放涼，冷卻凝固後即成為米豆腐。食用時，用細線劃成二至三厘米大小的方塊，用高湯溫燙，加佐料澆料即可。古時沒有食用鹼，那時則用桐油果殼燒灰熬成土鹼。一一三米豆腐店將作法稍加改變，將煮熟的米漿倒入篩子中，用冷水凝結，篩成像蝌蚪狀的米疙瘩，非常可愛。米豆腐本身沒有什麼味道，主要是靠高湯、配料及澆料。當地用的配料五花八門，有酥黃豆、炸花生、大頭菜、辣蘿蔔、鹹菜、酸菜、紫菜、海帶絲等。澆料也是各式各樣，有紅油、麻油、花椒油、醬油、醋、少許糖、薑汁、大蒜汁、蔥花等。一碗配料及澆料豐富的米豆腐色澤紅亮，酸辣可口，香濃爽滑，讓人吃後難忘。

後來我又注意到芙蓉鎮的米豆腐尚有其他的吃法，亦可與酒釀加蛋花煮成甜食，另外還可涼拌澆以蜂蜜配各色水果。它的吃法，可甜可鹹，熟食涼拌，極盡變化。無怪，米豆腐會成為芙蓉鎮的一道主要風景。

原載《「品」雜誌》

沱江泛舟與鳳凰古城

鳳凰古城的美，美在那條沱江。

從古意盎然的鳳凰古街走到沱江邊，不由讓人眼睛一亮。沱江的水像一條青蘿帶，隨風漾著碧波，恰似蘿帶飄風，輕柔、婀娜。沱江很寬，江水清澈，水量也大。江邊穿著苗族服飾的男女，儷影雙雙，古老的吊腳樓層層疊疊傍著青翠的南華山。江畔桃紅柳綠，遠處虹橋映日。大水載著小舟上下波動，左右擺動，我迫不及待的跳上小舟要嚐那沱江泛舟的滋味。一條船可以坐十個人，我們一團四十幾人分坐五條船。小舟搖到江心，但見兩旁臨水而建的吊腳樓，一排排的木樁插在水中支撐著上面的木造樓宇，別具少數民族的特殊風味。每家樓房都有很寬大的陽台，鏤花的門窗配上簷角掛著的串串大紅燈籠，古樸中帶著喜氣，讓人感覺鳳凰的居民是快樂的。沈從文在《邊城》中描述茶峒的居民在吊腳樓的陽台上看龍舟賽，搶鴨子。到了鳳凰，就不難想像，當初他創作的藍本是怎樣的一個依據了。

苗疆兒女都愛唱歌，我們到鳳凰的途中，就常聽到鄉間男女的山歌聲。小舟飄蕩著，吊角樓上忽然傳出了歌聲，搖櫓的船夫，和著歌聲就對唱了起了來，此情此景好不浪漫。河面上一個小落差，小舟忽然向下衝去，身手不凡的船夫，一篙著力很快穩住船身。我們有驚無險，一船人興致來了也想高歌。團友寧克嘉教授提議唱〈高山青〉，舍妹仗著自身嗓音甜美便高歌起來。眾人看著碧藍的江上映著南華山的倒影，此地不正是高山青、澗水藍嗎？不一會，五條船上都唱起了〈高山青〉。一時間沱江上飄揚著我們的男女混聲大合唱，山歌對唱已在我們的歌聲中消失了。團友郝士巾感慨的說：「這鳳凰古城比任何一個江南小鎮都漂亮多了」。

紐西蘭作家路易艾黎讚美鳳凰古城是中國最美的小城，果然不是隨便妄加的封號。江南小鎮的缺點是河面太窄，街道擁擠，先天上就無法與鳳凰江寬水大的氣勢相比。鳳凰開發得晚，交通不便，最近的銅仁機場兩天才有一班僅能乘載五十五人的飛機，因此沱江不像江南河川那樣的污染嚴重。平遙古城，美則美矣！可惜缺山水之勝，只有鳳凰環抱在群山之間，山水輝映，美景無限。泛舟沱江之上，那情懷非是放浪花月，可以形容的。

在萬名塔旁下了船，地陪領著我們到北門外去看跳岩。這一處跳岩，修建於康熙四十三年，是自古以來連接兩岸居民的重要通道。據說原本的岩墩只有十五個，每個岩墩相隔五公尺。一般常人，奮力一跳不過兩到三米，古人如何能連跳十五岩墩躍過百米沱江呢？聽說，嘉慶年間苗民起義，辛亥革命鳳凰光復起義，都是經由跳岩過江攻進鳳凰的。我猜想，那些義軍不是有蜻蜓點水的功夫，就一定是用撐竿跳過去的。湘西一帶山險水深，行路本來就艱難，明清以來由於生苗不服朝廷的管轄，導致戰火連年，遙想當年他們的生活是多麼的艱苦。儘管如此，湘軍驍勇善戰，堅毅不拔的精神著實令人敬佩。沈從文的筆下寫盡他們的辛酸，無奈與執著。鳳凰若沒有沈從文，很可能至今還被埋沒在大山間。

在古老的跳岩不遠處，造了一排新的跳岩，以便觀光客嘗試跳岩渡水的滋味。岩與岩之間相距不足一尺，大跨步也就過去了。真要用跳的，一個不小心，不摔得頭破血流才怪。跨岩過江，腳下清水伸手可掬，人影在江上浮動，也另有一番情趣。

聽說妹妹與我來鳳凰旅遊，大哥一家從岳陽開了八個小時的車子到鳳凰來與我們聚會。我們下榻天下鳳凰大酒店，此店號稱當地最佳，不但服務設備令人滿意。它的宴席精緻可口。邊城偏遠之地會有這樣的美食，頗讓人驚訝。

大哥叫了一桌菜，我們姐妹暫時脫隊，與家人團聚。四色冷盤之後，上來了原汁土雞火鍋。湘西農戶，家家都養走地雞，道地的土雞，肉細味甘，燉出的火鍋湯尤其鮮美。這道火鍋在湘西或許極為普通，但對我們常吃肉如乾材之飼料雞的加州客來說，卻覺稀奇。跟著端上來小炒黑山羊、清蒸野生鯰魚。我是不吃羊肉的，兄長盛情，勉強舉箸，竟然不腥不羶，肉味腴美，香辣適中。我忍不住吃了好幾口，連一向討厭吃肉的舍妹，也誇讚了一番。接著上來幾道素菜，有苗家大碗菌、清炒鴨腳板、蒜香彎豆苗、四季豆炒土豆。我特別喜歡吃那道鴨腳板，那是一種菜葉像鴨掌般的野生蔬菜，樣子也像放大好多倍的香菜。吃來有一點像菠菜，但口感比菠菜脆，異常爽口。

服務員端上天下鳳凰的招牌名菜「沱江泛舟」，這道菜一上桌，直讓人驚豔。不知道是用什麼材料製成的一座迷你萬名塔，塔旁配上竹筍為山，胡蘿蔔雕花，插上石榴枝及柳條為樹，一排蒜苔做竹筏，用白蘿蔔塊架住。綠色果凍墊底，充當沱江水，費盡廚心的拱著一碟蒜苗炒鴨肉絲。那鴨子大概是在沱江裡養大的。蒜香微辣，鴨肉酥嫩，風味絕佳，但我實在已沒有多少肚量吃太多這麼精心製作的一道菜，於是我按下快門，留下永遠的回憶。

我尚飽餐在秀色的沱江泛舟中，美麗的荷花仙子又駕臨桌上。那荷花瓣是用番茄一片片雕出來的，蒸蛋墊底。花瓣圍著主菜——炒雙鮮，蝦仁、魷魚片配西芹、胡蘿蔔、木耳、百合。這盤菜樣樣都是我愛吃的東西，木耳百合非常新鮮，整道菜清爽可口，連蒸蛋都滑嫩夠味，好吃得很。這道菜的靈感很可能來自鳳凰名畫家黃永玉，他是沈從文的表姪，自稱荷癡，所畫的荷花豔麗，但瀟灑至極，在當代頗負盛名。鳳凰農村，家家都有荷塘，夏日裡荷花處處。這或許都是激起製作這道華麗鮮艷的菜餚之原因吧。

除了那麼多的菜以外，另有鳳凰名點，蒿草粑及金沙包，還有一盤切得美輪美奐的水果拼盤。我們一桌只有八個人，旅遊在外也不能打包。眼看著滿桌剩菜，我怪大哥點的菜太多，他解釋原想要我邀幾位要好的團友一起吃飯。沒想到我們一團有四十幾人，我又說幾乎都是老友好友，他便不好再要我叫朋友來。再說我們一路上也吃的很好，把人都拉來了，可要叫那兩位苦心安排的全陪、地陪為難了。

這席菜物美價廉，只要人民幣四百二十八元。邊界小城，如何找來這樣一位匠心獨運的大廚，利用當地的特產，創造出如此色香味俱全的一席佳餚。

鳳凰的人非常純樸。老城裡，沿街的商店，價錢都很公道，他們開出的價錢會讓你不忍心殺價。我們後來到貴陽再到桂林，發現同樣的苗繡圍裙等各色飾品，湘西的價錢只有別處的一半不到。而且鳳凰街上沒有人追著或攔著你賣東西，在那兒逛街自在得很。

原載《「品」雜誌》

湘西的人

也算是因緣湊巧我在三個月之內去了兩趟湘西。六月份的張家界之旅，是兩年前就計劃好的，算是給大女兒大學畢業的禮物。三月間與舍妹及一大群好友隨著朱琦老師去芙蓉鎮與鳳凰，則是臨時起意。今年三月二十三日從上海飛張家界，到六月二十二日自家鄉湖南華容縣趨車抵張家界，其間正好是三個月。

我祖籍雖然是湖南，但老家在岳陽城郊，洞庭湖畔。幼年時代，聽父親講老家掌故，也總是圍著岳陽、長沙、洞庭湖或湘江轉，從沒聽他談過湘西。

提到湘西，第一個想到的就是趕屍。那裡崇山峻嶺，土匪出沒，還有會放蠱的苗女、使巫術的巫女、無知的落洞女。想來就讓人毛骨聳然。中學時上歷史課，善於說故事的歷史老師提到湘西的神秘，問班上有誰是湖南人，我立刻與湘西撇清。父親的老家與湘西隔十萬八千里，轄屬人文會萃的岳陽市，何況我是台灣生台灣長，一副湘西的野蠻與我何干的態度。

苗疆總是被那些寫武俠小說的人描繪得很不堪，女子好像都是俗豔潑辣，渾身都是毒物，武功旁門左道，見了漢家郎就倒追得死去活來。自從張家界聞名國際以來，湘西神秘的面紗似乎自然的滑落了。

今年六月帶著兩個女兒與親戚開了兩部車到張家界自助旅遊，經人介紹找來兩位旅遊學校的實習生做導遊。兩個孩子一男一女，年紀約莫二十出頭，兩人初出茅廬自然是敬業樂群，天真友善。他們的憨厚，在我們到猛洞河坐皮筏漂流時，更是表露無遺。

話說張家界西南方，大約兩個半小時車程的大山裡，有一條號稱湘西最野的河流——猛洞河，兩岸壁立千仞，灘險水急，有天下第一漂之稱。我們萬里迢迢來到湘西，自然想看最原始的景觀。導遊幫我們聯絡了漂流專車，行前叮嚀我們準備一套換洗衣服，穿拖鞋。別看兩個孩子這麼年輕，設想周到得很。到了漂流起點，女孩子隨我們漂流，男孩子看行李，隨專車到終點等我們。漂流站旁有商店販賣雨衣雨褲，男孩告訴我們不必買，因為激流水猛，擋不了多少水。兩個女兒及我那些姪兒姪女們自然是不怕水，我生平怕水怕冷，就很想買一套來穿。趁著導遊照顧孩子們去洗手間之際，我走入商店去買雨衣，冷不防那男孩飛奔過來自身後一把將我拉住。苦苦哀求道：阿姨，不要浪費錢，那雨衣不管用的。

我拗不過那隻湖南騾子，只好抱著任水宰割之心上了皮筏。當遇到第一個激流時，我已經理解雨衣無用的原因了。當皮筏俯衝之際，水往上衝起，那水是從下面無孔不入的往上鑽。我看到鄰船穿雨衣之人遇到幾個激流後就將雨衣脫下。當日天氣炎熱，雨衣裏著濕衣服並不舒服，男孩以他的經驗堅持不讓我買雨衣的好心其實只對了一半。原來猛洞河之所以美是美在沿途的瀑布群，山谷中流泉無數，大型瀑布就有四個。皮筏可以划到瀑布下去享受天然淋浴的滋味。那瀑布瀉下之山泉冰冷無比，假如有雨衣護身，就可以盡情的划到水簾之下了。我們怕冷，進了一次瀑布就再不敢去了。另外猛洞河上流行打水仗，起點的河面上有小船兜售水槍，我們也買了幾隻。那尺來長的水槍噴出之水箭也能打得人全身濕透。年輕人覺得刺激，我這個老媽媽可吃不消。假如穿上雨衣，會好得多，我們這一船就不必早早豎了白旗，讓孩子們不能盡興與鄰船戰個勝負。

猛洞河漂流是我們這一趟旅行的最後一站。回到旅館取了寄存行李，親戚們將我們母女送到張家界機場後，當天要趕回華容。到達機場才四點左右，我們飛上海的班機是晚上七點半。機場白天沒有飛機，行李部門下午六點才開始作業。親戚們一見機場裡冷冷清清，很不放心把我們丟在那。家鄉離此還有五小時的車程，我催他們早早上路。兩位導遊見狀拍胸脯向我大哥保證，會留下來照顧我們登機，他們才放心離開。親戚們走後我勸那兩個孩子也早點回去休息，無奈他倆使起牛脾氣，怎麼也趕不走。好不容易陪我們掛了行李，終於可以入候機室了。

我拿出一百人民幣來答謝他們，兩人對我的舉動頗感意外，堅持不受，說導遊費已經收了。我怎麼塞，他們怎麼推。湘西人雖有君子不貪財之譽，但我想他們不過是實習生，額外給他們一點獎學金有什麼不能拿的，但兩個孩子把我推進入口，就是不肯多拿一分錢。

回想三月間，我們的湘西文化之旅，雖然沒有到張家界景區，但卻是取道張家界往芙蓉鎮再走鳳凰。因為上海飛張家界最早的班機是晚上七點，當晚我們下飛機後，全陪為我們安排了宵夜。我們一團四十餘人，吃飯分兩個廳。我們那一廳的服務員自稱是土家族人，為我們添茶倒水，服務非常周到。那女孩臉上掛著純樸的笑容，長得清秀可人，誇獎她兩句就臉紅，很討人喜歡。生平第一次進入湘西，就對苗疆女孩留下了不錯的印象。

次日清晨，大夥在酒店大廳候車，團友張大姐忽然發現相機不見了，要求回房去尋找。地陪小吳馬上描述她相機的品牌及形狀，並告訴她並未丟在房裡，而是失落在昨晚的餐廳裡。原來昨晚離開餐廳半小時後，餐廳在清掃之際，發現了一台相機。我們是當天最後一批客人，估計一定是屬於我們某位團員的，餐廳十萬火急的聯絡到小吳，生怕我們離開了張家界。小吳本想在大家集合後再詢問是誰遺失的，幸喜張大姐提早自首。由於我們要趕去芙蓉鎮，餐館正好有員工住在同一方向，那員工將拿了相機在路邊等我們。遊覽車開出張家界市，地陪遙指天門山，只見晨霧掩擁著模模糊糊的山影，天門洞隱沒於晨霧中，一點也看不見。團友們在失望中，覽車已在路邊停下。只見一位老實的年輕男子捧著相機，誠惶誠恐的等在路邊，張大姐下車取機，親自道謝。失物復得，自然是眉開眼笑。我們對於餐廳員工的誠實也頗覺感動。

到了芙蓉鎮，小吳安排我們乘船遊當地的母親河酉水。那是一條大木船，有一片大甲板，寬大的船艙容納了我們全團之人。船主派來兩位穿著土家服飾的少女做導遊，兩女一高一矮，矮的伶俐動人，高的清純老實。那矮的一面為我們講解沿途的風景，一面擺佈高的女孩唱歌。那高的歌喉雖談不上專業水準，卻也自然嘹亮。她從土家迎賓歌，採茶山歌，到哭嫁調，唱得嗓門都啞了，我們不忍心，要她休息。那矮的怕我們無聊，把大夥帶到甲板上教大家跳土風舞，全船歡歡樂樂的過了兩個鐘頭。大夥感謝她倆服務熱心，紛紛塞小費給她們，兩女堅決不收。下船後，我趁她們不注意想把錢塞入她們的口袋裡。兩女眼尖，一手把我推開，便與我們揮手作別，快步跑走了。當日啟程時，小吳在車上介紹湖南的風土民情，曾說過湖南人，君子愛財取之有道，絕不貪不義之財。看來這兩個女孩把我們的好心，當成不義之財了。這種個性也與沈從文在《邊城》裡描述的湘西人相吻合：「邊城裡，翠翠的爺爺是一位擺渡者，拿的是公家薪水。常有過路商旅，見他辛苦塞幾個銅板給他，老人家是堅決不受的，甚至有人趁他不注意塞入他腰包，老人硬追上幾十步還與人家。」這三個月來我見到的湘西人，還真如書中所說的一般。我不免要思考，是他們的衣食無缺，還是對物質生活沒有什麼奢望，何以竟視金錢如糞土，也或許兩者皆有。像這兩位土家女孩，這樣的受遊客歡迎，我們四十幾人，每人給十塊人民幣，甚至團友關醫生被她們感動的拿出了百元大鈔，她們若肯收小費，不賺翻了才怪。然而她們服務純為服務，敬業只為敬業，對份外之財決不動心。

在湘西待了幾天，警覺性都會降低。我們到鳳凰時，我與妹妹在沱江邊照相，皮包就丟在江邊的石蹬上。照完相，繼續往前走，忽聽旁邊的小販大叫，妳忘了妳的皮包啦。經他一提醒，我的警覺性才又回來。

到鳳凰的第二天，我們遊罷有「苗疆萬里牆」之稱的南方長城，到餐館吃午餐。席間有一道豆瓣魚，滋味不錯，不免多吃了兩口，在美國多是吃無刺的魚片，因此我吃魚的技術十分差勁。一不小心，竟將一根魚刺扎到了舌頭上。由於扎的位置很裡面，我自己試了幾次，拔不出來。我們這一桌人，都有些年紀，不是近視就是老花，無人看得清楚。不得已我請全陪小鄭想辦法，小鄭也看不見那刺，馬上找來服務員，此舉立刻驚動小吳把人家的副總經理也找了來。這回可把餐館上下急得了不得，副總吩咐這個去聯絡醫院，吩咐那個去叫車，小鄭、小吳雙雙要陪我上醫院。睿智的關醫生奔來將大夥穩住，要我盡量將舌頭往外伸，自已想辦法拔出，以免到醫院去受五花大綁之苦。我受了關醫生之激勵，硬將舌頭往外吐，終將那半吋多長的叉形之刺給拔了出來。小鄭、小吳還有朱老師總算安下了心，那位副總對關醫生千恩萬謝，又對我抱歉再三，問我喜歡吃什麼，他要廚房特地燒來為我壓驚。像我這個年紀，別的不怕就怕胖，哪裡還想多吃，再說是我自己吃魚技術差，關餐館何事。儘管我再三說不必掛心，當我們離開時，副總還帶了一群服務員簇擁著我離去，我想我這輩子大概再也不會有機會像此時這般的風光了。

我們在鳳凰，下榻天下鳳凰大酒店，此店號稱當地最佳，設備相當不錯。一走入大樓，服務員馬上趨前說，大樓剛漆過，走道間油漆味很重，不過保證房中沒有味道。走出電梯，果然油漆味聞得很不舒服，進到房間真的一點味道也沒有。我們房間對著沱江，遙望青山如黛，千里澄江似練，好一派如詩若畫的山城風光。打開窗子，山風清涼，新鮮的空氣中飄著綠草香，倒也十分舒適。放妥行李，我與妹妹出門用晚餐，一出房間，就受不了油漆味，本能的皺起眉頭捂住鼻子。服務員一見，馬上過來道歉，還說若受不了可以幫我換棟大樓。我可不想折騰換房間，此後再進進出出，只好閉住呼吸，連鼻子也不敢捂，省得人家來噓寒問暖。湘西人的服務熱心，我是處處都體會到了。

在鳳凰我們還遇到另一件感人的插曲。那是第三天一早，我們要趕到銅仁去搭飛機，由於五點半就要出發，地陪請酒店的廚房將我們早餐打包。那日全團坐上車後，去拿早餐的小鄭、小吳遲遲不出現，等了半天才見他倆，神色驚慌，一臉痛苦的趕到。原來前一晚吃晚餐時，有團員告訴服務員他們的玉米特別好吃，又有團員說金沙包好，或有人說小饅頭好吃。服務員與奮得把我們的讚美都傳到了廚師耳中。那廚師為報答我們，清晨三點就起來為我們作早餐，因為他堅持玉米冷了不好吃。團友稱讚過的美點，他一股腦的都做了，一定要讓我們吃新鮮的。這可苦了那倆位去拿早餐的，一路上被那包子、饅頭、玉米、茶葉蛋冒出的熱氣蒸得雙手通紅。我們聽後全團感動不已，但因為要趕時間，師傅已經快馬加鞭的上路了。想到廚房去說一聲謝，已來不及。朱老師感慨的說，這些年來帶著我們塞北江南的走，早餐打包也不是一次兩次的，那一回不是吃隔夜的冷便當。偏偏就碰上了熱情、純真，還有那一股蠻勁的湘西人，把地陪全陪的話當耳邊風，半夜起來給我們做早餐，實在是別處少見。三月裡的湘西，春寒料峭，我們摸黑趕路，本來是有點淒寒蒼涼之感，熱饅頭吃到嘴裡，的確溫暖了我們全團的心。

三個月後我帶著兩個女兒特地來遊覽張家界的武陵源風景區，看盡了黃石寨天子山的奇峰秀水，終於登上了上回擦身而過的天門山。兩個洋生洋長的女兒站在天門洞口俯視群山拋出一句話來：這裡比優勝美地漂亮多了。優勝美地山水優美是美國第一名山，兩個孩子算是給張家界極高的評價了。面對這樣美麗的山水，誰還會想起湘西那些古老的恐怖傳說。趕屍，蠱毒的未解之謎，隨著謎團的無人能解，已經在人世間消失無蹤。活潑美麗的土家女孩也絕不像武俠小說中描寫的那樣俗不可耐，她們其實都像沈從文筆下的翠翠那樣可愛。我思前想後不由得意的對孩子說：「媽媽是湖南人。」

貴州風情畫

聽說我與舍妹要去黃果樹大瀑布，好幾位朋友都警告我，瀑布已經大不如前，沒有什麼水了。又聽說瀑布上游建了一個水庫，有中央領導來的時候才放水給他們看那壯觀的景象。我將信將疑，一到貴陽就向地陪求證。我們的地陪小筠年輕活潑，聽到我的詢問，竟然點頭說是，還說有一會碰到枯水季，她帶團去看瀑布只見若大一個山壁上只有兩條細細弱弱的水流，她的全體團員齊抱怨說，大家一起到瀑布頂上撒泡尿，流下來的水還比較多，害得她無地自容。我聽了心中一涼，遂告訴她，我們團裡有朱琦教授（以下簡稱朱老師），王正中教授（以下簡稱王教授），詩人謝勳，還有矽谷創業專家，李信麟，陳五福，而且文徵明的後代，張恨水的女兒也在團裡，可否請水庫格外施恩放一下水。小筠搖搖頭說，她們都不是中央領導。初到貴州，感覺十分的洩氣。神州第一大瀑布，貴州第一景被小筠形容成這樣，豈不有失我們炎黃子孫的臉面。

遊覽車駛進貴陽市，眾人眼睛一亮，街道又寬廣又乾淨，嶄新的高樓林立兩旁。南明河鰲磯石上的甲秀樓，四角飛簷，玉柱雕窗，翹然挺立碧水潭中。走在白色雕花石欄的浮玉橋上，看著清澈的河水映著甲秀樓古色古香的倒影，再到樓前讀那天下第二長聯，全團的遊興都又回來了。小筠說，貴陽這幾年勵精圖治，整頓市容，治理南明河，尤其是嚴格管理垃圾，若被抓到隨便丟垃圾，一罰就是五十元。她說如果我們早幾年來，南明河還是條臭水溝。我不禁為貴州的領導人喝采。看到貴陽的繁榮，誰能相信貴州的經濟是全中國倒數第一名。

當日下午，我們從青岩古鎮回貴陽城，為了避開尖峰時刻，四點左右就上車，計劃五點以前趕到旅館。行車原本一路順暢，眼看就要進入貴陽城，車子忽然慢了下來，接著就動彈不得。即使是塞車，也應該能慢慢蝸行，奇怪的是我們的車子連動都沒法動。朱老師怕大家無聊，遂為我們講解貴州的歷史文化。轉眼半個多鐘頭過去，車子依然不動，司機只好熄掉引擎，打開門窗。全陪小鄭的眉頭越皺越緊，團員開始有人撐不住，想上洗手間。小筠機伶，帶我們分批到附近的某建築公司去用洗手間。已經接近下班時分，我們一團四十多人，洗手間又只有一間，所以花了很長的時間。那裡的員工為了等我們而特地留下來照看，十分令人感動。我們在排隊等待時，難免好奇，順便看看他們的樓層模型，詢問樓價。貴陽一平方米的價錢約在三千人民幣上下，最小的樓層是九十平方米，價錢還不算貴。等團員陸續回坐，朱老師手上已有了幾首寫塞車的詩，朱老師朗朗讀來，最好笑的是王教授寫的，他取笑眾人，不但貢獻了一黃湯，還要佯裝買樓客。大家笑得東倒西歪中車子終於動了，看看時間竟然已塞了兩個多鐘頭。原來是一輛砂石車翻倒，貴陽市政府沒有挖土機，全靠人力用竹編背簍移送砂石，總算清出一條線道。車子開過出事地點，我們看到那些辛苦背著竹簍工作的人民，不免訝異光鮮摩登之貴陽市的硬體設施竟這般落後。想起在青岩古鎮時我要求與一群白帽藍衣的毛南族婦女照像，她們非常和藹，熱心的展示手上的針線活，讓我們欣賞。照完相後，她們高高興興的傳閱我的數位相機，再恭恭敬敬的還給我。她們勤勞憨厚的臉孔也出現在這群清理砂石的貴州老百姓的臉上。或許長時間在地無三里平的惡劣環境中生存，早已將貴州人磨練出堅忍耐勞的個性。

次日早晨，我們往龍宮旅遊。貴州多山，出了貴陽城便可看到一座座像圓饅頭似的圓椎狀山峰星羅棋佈在原野中，形成一片美麗的峰林，峰與峰之間是金黃色的油菜花田。石灰岩的山峰，由於土地貧瘠，上面的植物大多是荊棘灌木之類，奇形怪狀的岩石裸露在綠色植物中，成為貴州的特殊風光。

車子慢慢爬坡，進入山區，四周的的景物也不一樣了，饅頭山像似麵團發了起來，不但山峰高聳，而且與隔鄰的山丘相接壤，成了連綿的青山。小筠沿途介紹景點，有山上穿個天然大洞的象鼻山，一高一矮對峙的兩峰像猴子拜觀音。最奇特是羅馬競技場，四面環山的小小盆地，由於喀斯特地貌的特質，山上的岩石形成天然階梯，酷似一座天然的露天競技場。過了競技場，轉過山坡，眾人眼睛一亮，進入眼簾的是一片三面環山，梯田鱗次櫛比的美麗山谷，田裡種著綠色的莊稼，黃色的油菜花，田埂上桃李爭春，桐花競豔。苗族居住的村寨依山而建。貴州盛產石灰岩片，典型的民居多半是灰色的石片屋頂，所謂：貴州一大怪石片當瓦蓋。石片很大，足有一尺見方，大瓦覆蓋下的房舍，強壯結實，現出與眾不同的地方色彩。貴州春天的鄉村實在太美了，山坡上的樹木才剛剛綻出新綠，枝頭上仍有三分蕭索，枝椏掩映著灰瓦白牆的石屋，襯著桃紅李白，豔黃翠綠。全車的人都驚住了，不停的讚嘆它的美麗。

到達龍宮景區，只見，青山如黛，花紅柳綠，小橋流水，勝似江南的春天。只聽說貴州貧瘠，卻沒想到它的自然風景這麼美，而且又乾淨、安靜，水也清徹。貴州多雨，喀斯特的石灰岩地質吸不住水，所以多暗河水洞，龍宮就是一座嵌在半山腰的水洞。從山下沿著小溪往上走，經過一片喀斯特瀑布式層層疊疊的大片水流後，便走上開闢在懸崖峭壁上的山路，路越來越陡，爬過一座僅有一人寬的天然岩洞，才到達山腰上的天池。天池有遊船，可以載客進洞去遊龍宮。在美國鐘乳石洞很多，但沒有見過水洞。天池四周青山環抱，龍宮的入口很小，不注意看根本不知絕壁上還有山洞。小舟划入洞中，豁然開朗，竟真是一座有如宮殿般的大廳。洞頂懸掛著千姿百態的鐘乳石，好似龍宮的蝦兵蟹將列隊迎賓。過了大廳，划過曲折迷離的水巷，又進入另一座四壁好似浮雕壁畫的溶洞——有小龍女的閨房、二龍戲水、獅子戲球、五龍護寶等。講解員講得滔滔不絕，我看得眼花撩亂，也數不清過了多少個宮殿。大家看得興起，鄰船忽然就有人唱起船歌來。歌聲一起，眾人隨著附和，不一會洞中就充滿了動聽的「月亮代表我的心」。可惜，貪玩的小龍女，並沒有循著我們的歌聲飛回閨房。

遊罷龍宮，捨舟上岸，發現天池旁還有一觀瀑台。原來天池之水，從龍門口直瀉下到山下的龍潭，形成一個很壯觀的瀑布。龍潭就是山下那條小溪的源頭。龍門口是一個十米方圓的洞口，從上往下，可以看到洞底的龍潭，龍潭在山下的龍門溶洞裡，這個洞口乃是它洞頂露天之處。龍門溶洞的入口，則在上天池的山路旁的一條岔路上，是一個水旱洞，洞頂透空，天光瀉落。洞中也是鐘乳石參差林立，怪石嶙峋，人可以在洞中行走，到龍潭旁去看溶洞瀑布。瀑布從五十米高的天池倒懸而下，發出沉沉雷鳴，灑下漫天水霧，氣勢非凡，奇幻美妙。洞中清涼舒適，溶洞中觀瀑，真乃是天下奇觀也。龍宮真是一處尋幽攬勝的好地方，光是溶洞從山下到山上就有好幾個，而且它洞中有洞，洞上又有洞。它集健行、登山、行船、賞景、觀瀑之勝，風光旖旎，景色的特殊，世間少有。

回到山下，見到一群穿著藍紫綠黃各種顏色的古代服飾的婦女。原以為她們是苗族，但她們自稱是漢人，穿的是鳳陽漢裝，來自黔南的屯堡，結伴來此春遊。龍宮有規矩，穿著傳統服飾來此遊覽，可以免門票。她們服裝的顏色非常鮮豔，一式的斜襟大袖，繫著繡花圍兜，頭梳雙髻，斜插銀釵。我們要求與她們合照，屯堡婦女笑容可掬的欣然答應。大家正在開開心心的照相，忽聽王教授大叫一聲。一位穿青布漢裝的賣花生婦人狠狠的打了他一下屁股後，轉身怒氣沖沖的離去。原來王教授看賣花生婦人的裝扮很有地方色彩，要求與她合照。照完相後，婦人向他兜售花生，他不買，就被追著打了一記屁股。王教授意外挨揍，愣然愣在當場的同時，朱老師正左擁右抱著兩位笑臉盈盈的屯堡婦女在拍照。不過咫尺之間，他倆的遭遇竟是天壤之別。我們從湘西到黔中，所碰到的少數民族，都是熱情大方，卻沒想到她們一樣也有脾氣，也有不高興的時候。

我們姐妹買了一包花生回到車上，發現很多人也都買了花生，互相傳遞著要同伴們嘗鮮。傳到王教授手上，他兩眼一瞪，腦袋猛搖，不吃，怎麼你那壺不開提那壺。轉眼朱老師手上已有好事者傳來「不買花生打屁股」的打油詩，可想王教授此後看到花生，一定會別是一番滋味在心頭了。

車子往安順市黃果樹景區進發，小筠向大家宣佈，由於我們來到之前，一連下了多日的春雨，現在黃果樹瀑布的狀況非常好，水量在中上，聽說非常漂亮。這兩日與她相處，知道她天真誠實，兼之大家對貴州的印象越來越好，也就不再計較水庫放不放水了。

到了黃果樹景區，眼睛又是一亮。還沒有看到瀑布，先看到一片青山翠谷，谷底清潭，澄碧如琉璃。潭水寬廣，喀斯特瀑布順著流水一座接著一座，層層疊疊的落差，激起千千萬萬朵白色小水花，水花化成無數小水珠，彈入藍色的河水中。這片水之美在於它的流動，在於它的變化，在於它週遭環境的襯托。有山無水太單調，有水無山缺靈氣。青山之於綠水，好比綠葉之於牡丹。這裡山高水長，谷中蔥綠蓊鬱，花木扶疏，芳草如茵。如果沒有我們這些遊山的俗客，真是一處神仙清靜地。還沒有看到瀑布，就已經讓人愛上這個地方了。

轉過幾個山頭，黃果樹瀑布終於出現在遙遠的山壁上。乍然見到，還真有一點失望，它沒有江河直瀉，波濤洶湧的磅礴氣勢。它像幾十條銀練軟軟弱弱的掛在那，輕飄飄的隨風飄颺。靈秀有餘，雄偉不足。瀑布有兩層，上層的水流更細，似千絲萬線，流入天梭，織出匹匹白絹向下飄落。我們走在半山腰的棧道上，俯聽江流有聲，仰看千尺斷崖，遠觀如絹絲般的瀑布，人在畫中行走，反而忘了是來看什麼遠東最大的瀑布了。沿著棧道往前走，瀑布漸漸在眼前放大，水幕越來越寬，水聲越來越隆，感覺也越來越美。好幾位團友，都不約而同的嘆道：「沒想到，它這麼的美。」舍妹站在我旁邊也一面走一面說：「真是漂亮。」的確，尤其是快到瀑布前，那水一大團一大團的滾落，水霧一大片一大片的散開，聲如春雷，此起彼響。我辭窮了，不知道要怎麼形容它。「飛流直下三千尺，疑是銀河落九天」，形容瀑布最誇張的句子，早就被李白用掉了。煙水茫茫中，隱約看到好幾道彩虹，讓人想起吟詠黃果樹瀑布最有名的那對名聯，「白水如棉不用弓彈花自散，紅霞似錦何須梭織天生成」。

我去過尼加拉瓜瀑布兩次，跟它相比，黃果樹好似婉約嬌柔的江南秀女，尼加拉是熱情奔放的西方壯妞。想起幾十年前羅斯福夫人看到綿延兩千七百公尺的依瓜蘇瀑布時，曾嘆息道，我們的尼加拉瓜瀑布多可憐呀。其實她是在豐水時節觀賞依瓜蘇的，南美洲每年有七、八個月的乾旱，夏季到依瓜蘇，就遠遠不如四季水量都充沛的尼加拉瓜瀑布狀觀了。同樣在非洲寬約一千七百餘米的維多利亞瀑布之平均水流量，也只有尼加拉的一半不到。黃果樹高七十八米，寬一百零一米，比尼加拉的馬蹄瀑高出二十餘米，但只有它的六分之一寬，水流量更遠遠的沒法與之相比。但它如輕紗薄霧般的飄渺多變，陽光下匹匹白練亮得耀眼，光彩奪目，根本沒有必要去與世界上那三大瀑布相比。尼加拉瓜瀑布千軍萬馬的奔騰氣勢，壯則壯矣，卻實在沒法用美去形容它。

我喜歡看瀑布，不只因為瀑布是自然奇觀，最主要的是它水流的變化，它是大自然裡，天然的奏鳴曲。走進瀑布後面的水簾洞，站在洞窗口觀賞一大片水簾在眼前晃動，水簾打在岩石上迸裂成千萬顆珍珠掉入下面的犀牛潭，只見水晶簾動日影斜，珍珠潭載彩雲飄。《西遊記》

裡描寫的花果山之瀑布並沒有這麼寬大，這個洞有一百三十四米長，五個洞廳，六個洞窗，還有一個洞內小瀑布。從小就嚮往神仙洞府般的水簾洞，沒想到現在真的置身在自己的童年夢想中。

從水簾洞出來，再走一段下坡山路，過一座橫跨犀牛潭的吊橋，回到景區入口，已走了三個多小時。我頻頻回首，流連不去，若非小鄭聲聲催促，還要趕到下一個景點天星橋，我實在想再多看幾眼黃果樹瀑布。

到達水上石林天星橋，已是黃昏六點鐘，除了我們這一團，已沒有其他遊客了。天星橋有石林、瀑布、蒼松、翠竹、清溪、碧潭，無可厚非的景色也夠美。但是曾經蒼海難為水，去過龍宮與黃果樹，天星橋對我們的吸引力就不大了。

當晚我們下榻安順市的天瀑大酒店，安順乃古時夜郎國舊址，差幸它不太繁榮，是一個安靜乾淨的小城。走了一大的山路，全身是汗，偏偏浴室的淋浴怎麼也打不開。很辛苦的勉強沐浴就寢，也暗中遺憾所謂當地最佳的酒店之設備，實在差了點。次日清晨我迷糊中醒來，見床邊鬧鐘已快六點半，便不敢再睡。半睡半醒，賴在床上等起床號。再睜眼一看已過了六時三刻，昏沉中竟然沒聽到起床號。我一躍而起趕快推醒妹妹，舍妹一看已經晚了，乾脆賴床不起，說決定不吃早飯了。我匆匆漱洗再整理行李，手忙腳亂中起床號忽然響起。原來我們房裡的時鐘快了五十分鐘。我是個睡不足八小時就會頭重腳輕的人，心中不免有氣。倒是舍妹從從容容的起來梳妝打扮。

我睡了會回籠覺才到餐廳早餐，見到王教授一臉的不高興，眾人在旁卻又笑得滑稽。原來我們碰到的問題王教授都碰到了，他的鬧鐘快了七十分鐘，害得他起了個大早。他是不習慣睡回籠覺的，於是寫下七大罪狀向酒店投訴。櫃台服務員接到他的狀紙，竟然指指身上掛的夜郎國的牌子說：你知不知道我們是夜郎國，天瀑酒店當地最佳，沒有人會比我們好的。王教授真愣住了，夜郎自大遺傳千百年，到了二十一世紀竟然還未悔改。且聽他投訴之七大罪狀。

沒有網路
沒有空調
馬桶漏水
淋浴打不開
牙刷盒裡是空的
毛巾有洞
鬧鐘快七十分鐘

我們姐妹聽完，抬頭再看教授那表情，差點笑得人仰椅翻。我們房中除了毛巾沒洞，牙刷盒裡有牙刷外，其他遭遇類似。安順人實在有眼不識泰山，想我們王教授在美國頂尖的加大舊金山醫學院當系主任帶研究生，是何等德高望重，從龍宮一路到酒店，竟無端枉受了諸般閒氣。

乘車離開天瀑時，小筠與小鄭俱是滿臉歉意，原來每間房的鬧鐘時間都不對，弄得全團都緊張兮兮。不過大家對天瀑的不滿在到達雲峰屯堡時，立刻就煙消雲散了。屯堡是明代軍屯舊址，那兒每人都穿著明代服裝。我們前一日在龍宮所遇到的屯堡人或許就來自此地。洪武十四年朱元璋派傅友德、沐英、藍玉，率三十萬大軍出征雲南。傅友德、藍玉得勝回朝後，朱元璋命沐英留守貴州，士兵的家眷也都從江南輾轉送來，他們在異鄉落戶已有六百餘年。屯堡博物館裡的展示，不但從當年出征到今日的歷史都有詳盡的介紹，另外還有地戲表演。當日上演的戲碼是《三國演義》的第五回，劉關張三英戰呂布。

看完地戲，我們搭車到屯堡本寨參觀。到達本寨，眾人又再度驚豔。那裡實在是太美了，正如〈桃花源記〉所描述的，土地平曠，屋舍儼然，有良田美池，阡陌交通，雞犬相聞。陽春三月，那裡滿山遍野的油菜花盛開，大地一片豔黃，美的讓大家瞠目結舌。村寨前一灣流水，垂楊柳拂水漂綿，乳鴨戲水。小溪旁有一口井，井水清澈見底，旁邊有一著漢裝老婦在洗菜。此情此景，人人舉起了相機要拍照。老太太右手一擺說：「不准照相，你們照了都拿去賣錢。」

我們愕然之下，只好收起相機。固然有些惆悵，但本寨裡可以取景的地方太多了，它不只有小橋流水人家，還有明代風味的石瓦石磚之古建築，六百年的明朝古巷道。家家的大門兩旁都貼有春聯，橫披都是五福臨門，看的陳五福先生衝動得要自薦去選寨主。他若去競選，我們一定全力拉票，這樣其夫人郝士巾就是壓寨夫人了。

來到貴州三天，沒碰到下雨，李信麟先生出了「天有三日晴」一題要大家作詩。反應踴躍，不到半天朱老師手上又是一疊打油詩了。

我們離開本寨後，又遊覽了紅楓湖。那裡山光水色，湖中島嶼林立，湖灣幽邃，景緻也不錯。侗寨的風雨橋及鼓樓都很有特色，然而好風景見多了，船也坐多了。大夥似乎麻木了，絲毫不把紅楓湖放在眼裡，我不免為它叫屈。

貴州十七萬平方公里的土地只有三千六百萬人口，相對上是地廣人稀。它交通不便，旅遊業也剛在起步階段，風景區不至於人滿為患。兼之它山巒起伏，河川縱橫，多溶洞瀑布，山水之勝，大有可觀。雖然只在貴州待了短短三天，卻真讓我體會到了江山如此多嬌。

左上　與父母弟妹攝於松山機場
右上　與父母長女書瑋攝於土桑沙漠博物館
下　　偕父母參加公司耶誕宴會

上　大峽谷
左中　加州紅木國家公園
右中　紐約
右下　偕父母同遊

左上　溫哥華
左下　全家攝於北加州神秘森林
下　加州納帕酒鄉

左上　壺口瀑布
左中　龍門石窟
左下　張家界天門山
右　　南方長城

右上　湘西鳳凰古城
右中　貴州紅楓湖
下　　文化旅遊攝於貴陽

上　太湖鼋頭渚
左中　沱江跳岩
左下　黃果樹大瀑布

國家圖書館出版品預行編目

書窗外 / 周典樂著. -- 一版. -- 臺北市：秀威資訊科技, 2009. 08
面； 公分. --（語言文學類；PG0273）

BOD版
ISBN 978-986-221-270 7（平裝）

855 98012805

BOD 語言文學類 PG0273

書窗外

作者 / 周典樂
發行人 / 宋政坤
執行編輯 / 黃姣潔
圖文排版 / 鄭維心
封面設計 / 蕭玉蘋
數位轉譯 / 徐真玉 沈裕閔
圖書銷售 / 林怡君
法律顧問 / 毛國樑 律師
出版印製 / 秀威資訊科技股份有限公司
台北市內湖區瑞光路583巷25號1樓
電話：02-2657-9211 傳真：02-2657-9106
E-mail：service@showwe.com.tw
經銷商 / 紅螞蟻圖書有限公司
台北市內湖區舊宗路二段121巷28、32號4樓
電話：02-2795-3656 傳真：02-2795-4100
http://www.e-redant.com

2009 年 8 月 BOD 一版
定價： 290 元

讀　者　回　函　卡

感謝您購買本書，為提升服務品質，煩請填寫以下問卷，收到您的寶貴意見後，我們會仔細收藏記錄並回贈紀念品，謝謝！

1.您購買的書名：______________________________

2.您從何得知本書的消息？

☐網路書店　☐部落格　☐資料庫搜尋　☐書訊　☐電子報　☐書店

☐平面媒體　☐ 朋友推薦　☐網站推薦　☐其他__________

3.您對本書的評價：(請填代號　1.非常滿意 2.滿意 3.尚可 4.再改進)

封面設計____　版面編排____　內容____　文/譯筆____　價格____

4.讀完書後您覺得：

☐很有收獲　☐有收獲　☐收獲不多　☐沒收獲

5.您會推薦本書給朋友嗎？

☐會　☐不會，為什麼？______________________________

6.其他寶貴的意見：______________________________

____

____

____

讀者基本資料

姓名：____________________　年齡：______　性別：☐女　☐男

聯絡電話：________________　E-mail：____________________

地址：____

學歷：☐高中(含)以下　☐高中　☐專科學校　☐大學

☐研究所(含)以上　☐其他________________

職業：☐製造業　☐金融業　☐資訊業　☐軍警　☐傳播業　☐自由業

☐服務業　☐公務員　☐教職　☐學生　☐其他__________

請貼
郵票

To：114

台北市內湖區瑞光路 583 巷 25 號 1 樓

秀威資訊科技股份有限公司　　收

寄件人姓名：

寄件人地址：□□□

(請沿線對摺寄回,謝謝!)

秀威與 BOD

BOD（Books On Demand）是數位出版的大趨勢，秀威資訊率先運用 POD 數位印刷設備來生產書籍，並提供作者全程數位出版服務，致使書籍產銷零庫存，知識傳承不絕版，目前已開闢以下書系：

一、BOD 學術著作—專業論述的閱讀延伸
二、BOD 個人著作—分享生命的心路歷程
三、BOD 旅遊著作—個人深度旅遊文學創作
四、BOD 大陸學者—大陸專業學者學術出版
五、POD 獨家經銷—數位產製的代發行書籍

BOD 秀威網路書店：www.showwe.com.tw
政府出版品網路書店：www.*gov*books.com.tw

永不絕版的故事・自己寫・永不休止的音符・自己唱